ワンナイトラブした英雄様が追いかけてきた

アメリ・レフェーブルはおそらく、いままでの人生で最低な誕生日を迎えていた。

アメリには恋人がいる。恋人の名はエドガール、この辺りでは珍しい黒髪と深緑色の切れ長な目を持つ美丈夫《びじょうふ》だ。王都でも有名な商会に勤めており、営業成績もよく優秀な人材であった。

アメリが五つ年上のエドガールと知り合ったのは、彼の勤める商会に落とし物を届けたことがきっかけだった。アメリはお礼にと食事に誘われ、その後も頻繁に会う約束を繰り返し、ちょうど三年前の十八歳の誕生日に告白されたことでエドガールと付き合うことになった。

それからいまこのときまでの三年間、アメリはとてもしあわせだった。

エドガールはアメリにとてもやさしく紳士的で、会うたびかならず花を贈り、彼女の誕生日は盛大に祝った。

今日の二十一歳の誕生日もエドガールと一緒に過ごす約束をしていたアメリは、せいいっぱいのおめかしをしていた。

背の中ほどまで伸びたストロベリーブロンドの髪を結い上げ、薄く化粧を施し、藍色の目はそのときを楽しみにかがやいていた。

アメリはエドガールを愛していたし、彼からの愛を感じてそれを信じて疑わなかった。たとえ仕事で会えなくなったと言われても、その言葉をまったく疑うことなく信じていた。

——そう、信じていた。

いま、エドガールがアメリではないほかの女と抱き合い、深く口づけし合っている光景を目にするまでは。

(……なに、なんなのこれ……)

アメリは驚きのあまり言葉を失い、頭の中が真っ白になってなにも考えられずに立ち尽くしていた。

指から力が抜け、手に持っていた包みがすべり落ちる。包みの中にはエドガールに贈ろうとしていた貴重なワインの瓶が入っており、それは地面に落ちて盛大に音を立てて包みをぬらした。

赤いワインがにじみ出て地面にじわじわと広がっていく。それはアメリの靴先にまで届いたが、目を見開き、まっすぐ前を見つめている彼女は気づけなかった。

「えっ……」

音に反応した二人は顔を上げ、アメリのほうへ目を向ける。エドガールはアメリを一目見ると顔色を悪くして驚きの声をもらし、その腕に抱かれていた女性は怪訝《けげん》な表情を浮かべた。

「なに……?」

女性はエドガールと同じくらいの年齢か、短く整えられた亜麻色《あまいろ》の髪と、きりりとした灰青色《はいあおいろ》の目が印象的だ。顔を真っ青にし、唇を震わせて二人を見つめるアメリの様子に、女性はただならぬ事態になっているのだと気づいたのだろう。

「あなた、いったい……？」

女性はエドガールの腕を不安そうに握り、おそるおそるといったようにアメリへと声をかける。

ただならぬ仲だと思わせる二人を前に、アメリは言葉が出なかった。

「どうして……」

なぜその場所に、自分ではないほかの女性がいるのか。アメリは怒りやかなしみ、戸惑いといった感情がぐちゃぐちゃに混ざって現実を受け入れられずにつぶやいた。

「ア、アメリ……」

エドガールは動揺のあまりアメリの名を呼ぶ。すぐに失言だと気づいたようで、慌てて口を片手で覆った。その発言は、エドガールとアメリが既知《きち》の仲である証左《しょうさ》となる。

「……なに、エド。この人と知り合いなの？」

女性はそれを聞き逃さず、エドガールの腕の中から彼を見上げて鋭い目を向けた。

「あ……えっと、いや……う……っ」

その視線を受けたエドガールは動揺し、言葉にならない声をもらして目を泳がせる。険悪な雰囲気ながらも抱き合う二人から目をそらすこともできず、アメリはどくどくと高鳴る胸を押さえながらゆっくりと口を開いた。

「……エド。その女の人はだれなの？」

「えっ、いや、その……」

エドガールはアメリの言葉に大げさに体を震わせ、しどろもどろになる。アメリはこの状況とエドガールの態度から、彼の腕の中にいる女性がどういう存在なのか予想できて、みるみるうちに表情を怒りに歪《ゆが》ませた。

「エド、ちゃんと答えて！」

アメリは湧き上がった怒りのままにエドガールにつめ寄った。エドガールは顔を青くし、視線をさまよわせて言葉も出ない。その様子にアメリの怒りはさらに沸き立つ。

「ちょっと、待ちなさい！」

そのままつかみかかろうとしたアメリの前に、エドガールの腕に抱かれていた女性が割って入る。女性はアメリを押し返すと、堂々と胸を張って大きく声を上げた。

「私はエドの婚約者よ！　あなたこそ誰なの⁉」

「えっ⁉」

攻撃的な女性の言葉を聞いて、アメリは頭を鈍器で殴られたかのような衝撃を受けた。女性は婚約者、つまりは結婚を約束した相手だという。

（……婚約……？　そんな、結婚を……）

想像していた以上の二人の関係にアメリは打ちひしがれる。

アメリはエドガールと結婚の話をしたことがなかった。交際が三年も続けばそろそろ結婚するだろうと考えてはいたが、エドガールに将来のことを話しても曖昧《あいまい》に流されるだけだった。

そんなエドガールが自分以外の女性と婚約していたという事実がアメリの胸を大きくえぐる。

（でも、私は……っ）

アメリはこの三年、たしかに愛されていたのだと信じたかった。アメリは震えながら、真実に対抗するかのように声を上げる。

「わ、私はエドの恋人よ！　もう三年も付き合っているんだから……っ」

「三年⁉　エド、三年も浮気していたの⁉」

しかし、さらなる真実がアメリを打ちのめした。

『三年も』

その言葉は女性がエドガールと三年以上の関係を持っている事実を示唆《しさ》している。

（私が……浮気相手？）

アメリは全身から力が抜けていくのを感じ、エドガールと怒声を上げながら彼につかみかかる女性の様子をただ見ているしかなかった。

「エド！　これはいったい、どういうこと⁉」

「い、いやあ……その……」

アメリは一方的に責めたてられるエドガールと女性を呆然と眺めながら、現実を受け止められずにいた。周りの声が遠くなっていき、じわりと視界がにじんでいく。

（……浮気……）

アメリはエドガールが婚約していたことなど一切知らなかった。付き合う前から恋人はいないと言われていたのだから、だまされていたことになる。

しかしはたから見れば、アメリは婚約している男に手を出した浮気女だ。アメリは嫌悪するその不名誉を貼りつけられ、吐き気を覚えて口元に手を当てた。

「婚約は破棄よ、このクズ野郎！」

女性の罵声が響き、エドガールは小気味いい音と共に盛大に頬をひっぱたかれる。同時に歓声と口笛が響き、アメリはその声の大きさに意識を現実に引き戻した。

（なに、これ……）

三人が、というより婚約者の女性が大きな声で騒いでいたからか、いつの間にか周りにはやじ馬たちが集まっていた。

彼らは裏切られた婚約者と、なにも知らずにもてあそばれた浮気相手、そして二人の若い女性をもてあそんだ浮気者の修羅場を、見世物のように眺めている。

「そっ、そんな……レイラ！」

「やめてよっ、気持ち悪い！」

エドガールが引き留めようとして手を伸ばすと、女性はエドガールを突き飛ばした。勢いよく無様に地に転がったエドガールをやじ馬たちが笑う。

両手をつき、立ち上がろうとしたエドガールはアメリと目が合い、すがるような声音でアメリの名を呼んだ。

「ア、アメリ……ちがうんだ……誤解だっ」

アメリは左頬を真っ赤にしたエドガールにどうしようもないほどの怒りを覚える。エドガールは先に女性にすがりつき、アメリはその次だった。

その事実がアメリをさらに惨《みじ》めにさせた。

「……あなたとは、ここで終わりよ！」

アメリは立ち上がり、必死にすがろうとするエドガールの右頬を利き手で思い切りひっぱたいた。

同時に再びやじ馬たちから歓声が上がる。

アメリの怒りも惨《みじ》めさも、やじ馬たちには見世物でしかなかった。

「本当に最低！　もう二度と、私の視界に映らないで！」

「ア、アメリ……」

アメリの声は震えていた。鼻の奥がつんとし、目の奥が熱くなって、左手は真っ赤に染まって痛かったが、それ以上に胸が痛かった。

（ああ……悪い夢なら、早く覚めて……）

アメリは裏切られ、笑いものにされ、惨《みじ》めさと怒りを感じていた。すべて悪い夢だと思い込みたいほど真実は受け入れがたく、かなしかった。

これはすべて、夢。夢から覚めればエドガールはだれとも婚約していないし、仕事で会えないこともなく、誕生日を一緒に祝ってくれるのではないか。

アメリの中にそんな願望が生まれていた。

（……私って、本当にばかね……）

しかしアメリの願いを否定するかのように、左手の痛みはこれこそが現実なのだと主張している。

「……最低……」

アメリは力なくつぶやき、肩を落としてうつむいた。

現実を受け入れなければならない。アメリにとってもっとも許せない浮気をした男、それがエドガールだと。

（……でも……）

アメリは頭ではわかっていても、すぐにきれいさっぱりとエドガールへの気持ちがなくなったりはしなかった。けれど浮気をした男と関係を続けていくことなど、アメリには到底受け入れられない。

「アメリ、待ってくれ！　これは、その……違う……違うんだ！」

エドガールはアメリを引き留めようと声を上げる。しかしアメリはさきほどの言葉どおりに終わりだと言わんばかりに踵《きびす》を返して背を向ける。

「アメリ……っ」

エドガールは諦め悪くアメリに手を伸ばす。その手はアメリに届く前にはたき落とされたが、その行動をとったのは意外な人物だった。

「このクズ、触るんじゃないわよ！」

「レ、レイラ……」

その声を聞いて、アメリは振り返る。ついさきほどまで熱い抱擁《ほうよう》と口づけを交わしていたはずの婚約者、レイラが目尻をつり上げながらエドガールをにらみつけていた。

エドガールはその剣幕に圧《お》されて口をつぐみ、身を縮こまらせた。

「いい、覚悟しておきなさいよ。私たちの時間を無駄にしてくれた礼は、たっぷりさせてもらうわ！」

レイラはエドガールをにらみつけながら低い声で告げる。その言葉にエドガールは顔を青くし、慌ててレイラにすり寄った。

「ちょっ、待ってくれ！」

「待つわけないでしょう、このあほうが！」

「ぎゃっ」

レイラは追いすがろうとしたエドガールの股間を蹴り上げる。短い悲鳴を上げ、エドガールは両手で股間を押さえながらその場に倒れ込んだ。

（なに、これ……）

やじ馬たちは大よろこびだ。アメリは目の前で繰り広げられた珍劇に口を半開きにして立ち尽くす。あまりのことに声を出せず、動けずに呆然としていたアメリの腕をレイラが引いた。

「ほら、行くわよ」

「あ……」

アメリは情けない声でうめいているエドガールを見下ろし、すぐにレイラを見上げた。なぜレイラが婚約者の浮気相手である女を助けるのか、エドガールは大丈夫なのか。

アメリにはわからないことだらけだったが、少なくとも今日が最低最悪な誕生日だということだけはよくわかった。

レイラの痛快な制裁を見たやじ馬たちの盛り上がりは最高潮だ。

アメリは呆然としながらレイラに腕を引かれ、やじ馬たちの輪を抜け出す。やじ馬たちからは、二人の女性をもてあそんだ結果、二人に拒まれ痛い目を見たエドガールを嘲笑《あざわら》う声や彼女らの雄姿を讃える声が上がった。

(なにが……どうなって……)

アメリはその声が遠くなっていくのを感じながら、状況を理解しようと頭の中を整理する。

だがアメリの意思に反して頭は理解することを拒んでいるようで、うまく考えがまとまらなかった。そうしているうちに、アメリは人気《ひとけ》のない路地裏に連れ込まれ、元恋人の元婚約者と向かい合うことになった。

「ねえ、あなた」

レイラに声をかけられ、アメリはびくりと肩を震わせる。そのままレイラが言葉を続ける前に、アメリは勢いよく頭を下げた。

「……申し訳ありません！」

「えっ」

「私、あなたの……婚約者と……っ」

知らなかったとはいえ、婚約者がいる相手と浮気してしまった。アメリは被害者であるレイラになにを言われても仕方がないと自責し、うなだれる。

「待って、待って。あなた、なにも知らなかったんでしょう！」

アメリの様子にレイラは慌てた様子で声を上げた。レイラは肩をつかんで顔を上げさせようとしたが、アメリはうつむいたままだった。

「……知らなかったんです、私……けれど、そんな言い訳が通用しないことは……」

「じゃあ、あなたも被害者！　浮気された側！　だから、謝らないで。私も謝らないから！」

レイラは両腕でバツを示し、首を大きく横に振る。アメリはそれに目を丸くし、少し落ち込んだ声でレイラに問いかけた。

「……私の言葉を、そのまま信じてくれるのですか？」

「あのクズの態度もそうだったし、なにより……あなた、いま本当にひどい顔よ」

レイラに心配そうに声をかけられ、アメリはようやく顔を上げる。アメリの顔は血の気が失せて真っ白で、目には生気がなかった。

「私が……だましているかもって、疑わないのですか……？」

「……これが演技なら、見事なものだってだまされてあげるわ」

レイラは苦笑いしながら首を横に振る。アメリはその反応にますます自責の念が強くなっていた。

「ちょっと……衝撃的でしたから……」

「……そうね。私も衝撃的だった。あのクソ野郎……」

二人は三年もの間、お互いの存在に気づかずだまされ続けていたのだ。

アメリは怒りよりもかなしみのほうが勝っているが、対してレイラはかなしみよりも怒りのほうが強いようで、小さな声で毒づいている。

「ねえ、大丈夫？」

「……大丈夫、……とは、あまり言えないかもしれません……」

アメリは力なく笑い、肩を落とした。愛する人に裏切られていた、そのこと自体も衝撃的だが、自分が浮気相手となっていたことがなによりも衝撃的だった。

（私……ただの遊び相手、だったんだ）

アメリは、三年交際を続けていくうちに結婚の可能性すら考えていたが、エドガールにはその気はなかった。だからこそ、エドガールが別の女性と婚約していたという事実はあまりにもつらく、苦しかった。

「こんなことって……」

アメリは本気でエドガールを愛していた。本気で愛していたからこそ、十八歳から二十一歳までの女性にとっては貴重な結婚適齢期の三年間を捧げた。

だというのにその時間は無駄になり、その上、浮気相手という不名誉をかぶってしまった。

「あぁ……」

「えっ、ちょっと、あなた……！」

アメリはあまりのことにめまいがして、頭を押さえて足元をふらつかせる。レイラがとっさにアメリを支えたことで、倒れ込んでしまうことは避けられた。

「あなた、しっかり……」

レイラも今回のことに衝撃を受けていたようだが、自分よりも顔色悪く倒れてしまいそうなアメリを見て冷静になったようだ。

「……っ、本当に、迷惑をかけてばかりで……」

「気にしないで。あのクズがすべて悪いんだから」

レイラはものの十数分前までは抱き合い、口づけまでしていた相手だというのに、忌々《いまいま》しげにそう言う。その様子を眺めながら、アメリは暗澹《あんたん》とした気持ちに目が潤んだ。

「あのクズ野郎には痛い目をみてもらうから、安心して」

「……私は……」

「あなたを責めたりなんて、絶対にしないわ。私をだましていない限りはね」

レイラはそう言い切って軽く笑う。アメリはレイラの顔をじっと見つめ、なにも言えなかった。

（……本当に、いい人）

レイラはだまされていた哀れな浮気相手を責めることなく、こうして気遣いすらしている。そんないい人だからこそ、アメリはいっそう胸を痛めていた。

いっそ罵《ののし》られるほうが良心の呵責《かしゃく》に苛《さいな》まれるよりはましであっただろう。アメリのその視線を疑念として受け取ったのか、レイラは自分の胸に手を当ててほほ笑んだ。

「こう見えても、私、魔法使いなの」

「魔法使い……」

アメリは驚きの声でぽつりとつぶやいた。魔法使いは言葉どおり魔法と呼ばれる術を扱う人間を指し、この国では希少な存在だ。

魔法とは、魔力と呼ばれる力と、おもに言霊《ことだま》を用いて奇跡を起こす技術だ。

生物はかならず魔力を有しており、魔力量は種の中でも個体差がある。人が持つ魔力量はあまり多くなく、小さな火をおこすといった程度の簡単な魔法しか扱えない者がほとんどだ。

だがまれに魔力を多く保有し、さまざまな魔法を扱える者がいる。そんな者たちを人々は魔法使いと呼んで讃えた。

魔法使いたちは並の人々より強く、さまざまな魔法を扱い、自分の言葉が力を持つことをよく理解している。故《ゆえ》に魔法使いはうそをつくことを禁忌としていた。

「魔法使いレイラ・エティエンヌの名と誇りにかけて、偽りはないわ」

魔法使いはけっしてうそをつかない。例外となる恥知らずがまったくいないとは言い切れないが、レイラは正しく魔法使いであろう。

「……ありがとうございます」

もとより、アメリは婚約者の浮気相手にここまで親切に接するレイラの言葉を疑ってなどいなかった。レイラが高潔な魔法使いであることを知ってなおのこと疑う余地などなくなったが、代わりに自分がよりいっそう惨《みじ》めになる。

(……私は、二番目……なんだ……)

エドガールにとって自分は都合のいい相手でしかなかったと、アメリは嫌でも思い知らされた。

レイラは魔法使いであり、その上、こんな状況でもアメリを気遣うやさしさを持ち合わせた完璧な女性で、エドガールが結婚を考える相手なのだから、と。

「アメリさん、よね」

「っ、はい……」

アメリはレイラに名を呼ばれて緊張に体をこわばらせる。名乗っていないが、エドガールが彼女の名を何度も呼んでいたため、その場にいたレイラに知られていてもなんらおかしくはない。レイラが責めたりしないと宣言しているのだから、おびえる必要はない。だがそれでも、アメリは元婚約者の女性から名を呼ばれることに、少し恐ろしさを感じていた。

「今日はもう、帰って休んだほうがいいわ」

「……そう、ですね」

衝撃的な真実が怒涛《どとう》のように襲ってきて、アメリの精神は疲労しきっていた。アメリにとって唯一幸いだったのは、明日は仕事が休みであったことだろう。その貴重な丸一日の休みを恋人と過ごそうと準備していたことは、すべて無駄になってしまったが。

(……私は……なにも知らずに、一人浮かれて、ばかみたい)

恋人だと思っていたエドガールには婚約者がいて、自分は都合のいい遊び相手でしかなかった。そのことを知らずに明日を楽しみにしていた自分は、なんて愚かなのかとアメリは自嘲《じちょう》する。

今日たまたま欲しかったものが行きつけの店に置いていなかったために、普段近づきもしない地区に足を運ばなければ、アメリはいまもなにも知らずにいたのだろう。

(もし、気づかなかったら……)

エドガールとレイラは婚約を解消することなくそのまま結婚し、アメリは気づかないまま既婚者と交際を続ける羽目になっていたのかもしれない。

そう考えると、アメリは身の毛がよだつような思いだった。

「あなた……帰れる？　送りましょうか？」

「……いえ、大丈夫です」

アメリは力なく笑い、レイラの善意を断る。

レイラがいい人だと頭ではわかっていても、早く彼女と別れたかった。アメリは話せば話すほど惨《みじ》めで、レイラへの悪い感情を抱く自分の醜さに嫌気を感じていたからだ。

「そう。じゃあ、ここでお別れね」

レイラはそれ以上なにも言うことなく、あっさり別れを切り出す。ここで別れて二度と会うことがないほうが、お互いのためになると理解しているのだろう。

「……アメリさん、気をつけて帰ってね」

「レイラさんも、お気をつけて」

レイラはアメリに背を向け、路地裏から出て大きな通りを歩き出す。アメリはそれを確認すると、路地裏を出てレイラとは逆の方向に向かって歩き出した。

（……どこに行こうかな）

それは家路とは真逆であったが、もとからアメリには帰る気などなかった。

エドガールとのデートはアメリの部屋で過ごすことがほとんどで、明日もその予定だった。なにも知らないまま浮かれて準備をしていた部屋に帰りたいなどと、思えるはずがない。

（……どこでもいいか。なにも考えなくて済むなら……）

アメリはあてどなく一人夜の街を歩く。帰りたくない、ただその思いだけで街をふらつき、なにもかもを忘れたくて酒を呑もうと目についた酒場に入った。

「ワインを、なんでもいいので」

アメリはカウンターに座ると、一番にワインを頼んだ。

出てきたグラスを手に取って目の前に掲げ、中に注がれたワインを眺めながらいままでのことを思い返す。

「……ばかみたい」

アメリが初めてエドガールと食事をしたのは十七歳のころ。お礼だからと高級な店に連れられ、まだ酒が呑めなかったアメリにはワイングラスを揺らす五つ年上のエドガールの姿が大人に思えて、とても格好よく見えていた。

交際するようになってからアメリも酒を呑み始め、ワインが好きなエドガールに合わせてワインをたしなむようになった。

本心ではワインが好きではなかったが、彼に釣り合う女性になりたかったアメリは、必死に好きでもないワインを呑んで覚えた。給料をためていいワインを手に入れ、一緒に呑んで楽しい時間を過ごしたかったのだ。

（……もう、終わり）

そんなころの思い出と共に、アメリはグラスを傾けて一気にワインを呑み干す。好きになろうとがんばってきたが、最後までワインは好きになれなかった。

「っはあ……、次、エールをおねがい」

アメリはグラスをさげ、次の一杯を頼む。

もう無理をして好きでもないワインを呑む必要がなくなったのだ。かといってエールが好きというわけでもなかったが、アメリにとってはワイン以外の酔える酒であればなんでもよかった。

店主が木製のジョッキを出すと、アメリはそれを両手で抱えて一気に呑み干す。アメリはすべてを呑み終えてジョッキをカウンターに置いたところで、両目から涙を流し始めた。

「ふっ……う、うぅ……っ」

一度流れてしまえばもう止められず、涙は両目からあふれ出し、頬をぬらしていく。

「うっ、……うぅぅ……もう、いっぱいおねがいぃ……」

小さな嗚咽《おえつ》と共にもう一杯を要求するアメリに、店主はなにも言わず二杯目を出した。一緒に手ぬぐいを差し出され、それを受け取ったアメリは店主のさりげないやさしさにさらに涙があふれる。

「あぁ……うぅ……っ」

拭っても間に合わないくらい、とめどなく涙は流れていく。

今日目にしたものがすべて夢だった、そう思いたいくらいに現実が受け入れがたく、アメリの心にはかなしさと苦しさがあふれていた。

「どうしてよぉ……私……っ」

二股をかけられていたことに、現場を目撃するまで一切気づかなかった自分の愚かさ。

レイラは婚約者という立場を得ており、エドガールがすがりついたのも彼女が先、自分は二番目でしかない惨《みじ》めさ。

レイラが魔法使いであることも、魔法使いに憧れていたアメリの劣等感を煽《あお》った。

「私……私……っ」

唯一にも、一番目にもなれなかった二番目。

アメリはかなしくて、悔しくて、惨《みじ》めで、けれどもそれを知ってもまだエドガールを想う気持ちが自分の中に残っていることがつらかった。

アメリは十六歳のころ、唯一の家族であった父を亡くして一人王都に出てきた。

幼いころから魔法使いに憧れていたアメリは懸命に魔法を学んだが、魔力量は一般的な人に比べれば多いものの、魔法使いと呼べるほどではなかった。

個体の持つ魔力量は持って生まれたものであり、多少は高められるものの、それも個体の持つ才能によるところが大きい。

故《ゆえ》に、才能を持たないアメリは魔法使いとなる夢を諦めざるを得なかった。

それでも好きな魔法に関わりたい、そう思ったアメリは魔道具師を目指した。

魔道具とは、魔法を使えずとも魔法と同じ効果を導く道具であり、魔道具師はそんな魔道具を開発、製造、管理する者の総称だ。

師に教えを仰ぎ、いまでは魔道具師と呼ばれるほどに成長したアメリだが、王都に出てきたばかりの見習いのころは自信がなく、知り合いも少なく不安で心細い思いをしていた。

そんなころに知り合ったエドガールは、アメリの心の拠り所でもあった。

エドガールはアメリの不安を慰め、成長していく彼女を褒めて認めて自信を与え、そばに寄り添ってさみしさを埋めた。アメリはそんなエドガールを信頼して心を預け、心から愛していた。

「……本当に」

アメリがここまでがんばってこられたのは、エドガールの存在があったからだ。

だからこそ最初から裏切られていたと知っても、アメリはエドガールへの想いをそう簡単には断ち切れなかった。

「ばかで……」

アメリは左の掌を涙にぬれた目で眺める。ここで終わり。そう言って初めて人に振り上げた手は腫れ上がっていた。

「無様ね……」

掌から伝わる痛みが、夢だと思いたいアメリを現実に引き戻している。裏切られ、終わりだと宣《のたま》ってもまだ、アメリの心には想いが残っていた。

(……復縁なんて、絶対にないわ)

けれども復縁は考えられなかった。アメリはもっとも嫌悪する浮気という行為、それを行った男を許すことなどできない。

(……許さない。絶対に、嫌)

アメリが浮気を人一倍嫌悪するのには理由がある。それはアメリが幼いころに家を出ていった母親にあった。

アメリの母親は倫理観に欠けた女性だった。元は商家《しょうか》の末娘で、父親に命じられて革職人であったアメリの父に嫁いだ。

彼女には愛はなかったのだろうが、アメリの父は彼女を愛していた。自身が身を粉にして働いている間に、彼女が若い男と浮気をしていたことなどまったく知らずに。

（……私も、お父さんと一緒なのね……）

アメリの父は彼女を愛していた。若い男と共に紙切れ一枚とアメリを残して去っても、まだ彼女を愛していた。アメリは当時の紙切れを眺める父の背中と自分の姿を重ね、ただ力なく笑う。

（……ううん。結婚する前でよかったって……思わなきゃ）

エドガールには結婚する気がなかっただろうが、父のように結婚したあとに浮気され、自分との子どもを置き去りにされるような事態にならなかっただけましだと、アメリは自分に言い聞かせる。

不思議なもので、言い聞かせようとすればするほど心は反して美しい思い出にすがり、想いを強くさせていた。

「うっ、……うぅ……っ」

嗚咽《おえつ》しながらアメリは酒を呑み続ける。泣きながら酒を呷《あお》ってもなにも解決しないが、ひとときの慰めにはなるだろう。

「……え？」

必死に声を押し殺しながら涙を流すアメリの前に、店主が小さな皿を差し出した。そこにはたっぷりのシロップがかかったベリーが載っている。アメリは不思議に思って顔を上げた。

「おまけさ」

アメリより一回り以上は年上だろう眼帯をした店主は、厳つい顔とは裏腹に、ちゃめっ気たっぷりに片目をつむってみせた。ようやく周りが見えるようになったアメリは、さきほど受け取った手ぬぐいで慌てて涙を拭き、頭を下げる。

「っ、ご、ごめんなさい……私っ、こんな、泣いて、迷惑、を……」

「かなしいときは泣くもんだ。涙がかなしい気持ちを流してくれるといいな」

店主はアメリに事情を問うことはなく、それ以上なにかを言うでもなかった。恋人のどうしようもない裏切りを受けて傷ついたアメリは名も知らぬ人のやさしさに慰められ、ほほ笑む。

「あ……ありがとう……」

声を押し殺しながらアメリは涙を流した。その涙がかなしみを流し、エドガールへの想いをも流してくれればいいのにと願いながら。

そのままさんざん泣いて少しだけ落ち着きを取り戻したアメリは、ベリーを一つ摘む。口の中いっぱいにひろがる甘酸っぱさに目を細め、わずかに唇を笑みの形に描いた。

「……甘い」

「口に合ったかね？」

「とても。……なにか、お礼がしたいな」

「そりゃああんた、うちにきてお金をおとしてくれることが一番のお礼さ」

「……ふふっ」

店主のおどけた声にアメリは小さく笑った。

ジョッキに残ったエールを飲み干すと、もう一杯とエールを頼む。かなしみは流れきっていないし、エドガールへの想いが消えたわけではないが、アメリの心はほんの少しだけ軽くなっていた。

「まあどうしてもって言うなら、次はあんたが泣いているだれかにやさしくしてやってくれ」

「……それ、すてきね」

「はは、どーも」

アメリは店主と少し話をしながら最後の一杯を呑み干し、またこようと思いながら店を出た。少しだけ気持ちが楽になって空を見上げると、星が夜の空に美しくかがやいている。

（……やっぱり、帰りたくない）

アメリは酒に弱いわけではないが強くもなく、いまはだいぶ酔っている。このまま家路につくべきだが、まだ帰りたくないアメリは次の店を探して夜の街を歩き出した。

◆

アメリが泣きながらやけ酒を呷《あお》っていたころ、とある酒場で同じようにやけ酒を呷《あお》っている男がいた。男の名はラウル・ルノー。この王都ではその名を知らぬ者はいないのではないか、というほど有名な、英雄と讃えられた男だ。

ラウルは王都警備隊に所属する隊員だ。五年前に王都で発生した大事件で、当時十九歳だった若き隊員であるラウルは目覚ましく活躍し、一躍有名になった。

その活躍もさることながら、ラウルの容姿もその名を轟かせる一助となった。

くるりと巻いた白に近い金髪とアーモンド型の琥珀色《こはくいろ》の双眸《そうぼう》。長いまつげはくるんとカールしており、老若男女問わず魅了しそうな中性的で端整な顔立ちをしている。

だがいまはそれを隠すように目深《まぶか》に帽子をかぶり、度の入っていない大きな眼鏡をかけ、その美貌を台無しにするほど顔は真っ赤だった。

「……くそぉ……私が……いったい、なにをしたっていうんだよぉ……！」

小さな声で悪態をつきながら、ラウルは手に持ったジョッキを呷《あお》る。ラウルはすべてを呑み干して酒くさい息を吐き出したあと、ジョッキを掲げて声を上げた。

「……もう一杯っ！」

「あんた、そのくらいにしておいたほうがいいと思うよ」

ラウルは次を頼もうとしたが、店主に止められて唇をとがらせた。とにかく酔いたかったラウルはすでに七杯も呑んでいる。

「でも……っ」

「わかるよ、呑んで忘れたいこともあるよなあ」

「それはっ……うぅ……」

ずばり店主の言うとおり、ラウルは自分がラウル・ルノーであること、そして五年前の大事件を発端にして、自分の身に起きた悲劇を忘れてしまいたかった。

（……あの事件で、すべてが狂ってしまった）

五年前の大事件、それは凄惨《せいさん》な事件だった。

王都には魔物よけの結界が張られているが、反国家勢力により結界の一部が破られ、そこから大量の魔物が引き入れられるといった大事件が起きてしまった。犠牲になった市民は数しれず、当時結界が破られた地区を担当していたラウルら王都警備隊も多くの犠牲を出した。

ラウルは王都警備隊の一員として、王都を、人々を守らなければならない、ここが命をかける場所だとひたすらに剣を振るった。ラウルは仲間たちが倒れていく中だれよりも多く魔物を屠《ほふ》り、阿鼻叫喚の光景においてたった一人、最後まで立っていた。

その鬼神の如き働きを王家に認められ、ラウルは騎士爵の称号と褒章を与えられ、いつの間にか英雄扱いされていた。

ラウルが英雄として表に立たされたのにはさまざまな思惑があったのだろうが、彼にはその思惑のすべてを察することはできず、逃れることもできず、それで事態が収拾するのならばと受け入れるしかなかった。

「なのに、どうしてこうなった……！」

ラウルは英雄になりたかったわけではない。ないのだが、英雄と呼ばれて少し、いや結構気分がよくなっていたのは確かだ。

犠牲になった市民や仲間を思えば手放しではよろこべなかったが、感謝され、救えた人もいたのだと、自分は間違ってなどいなかったと、ラウルは少しいい気分になっていたし、いままでラウルに見向きもせず、彼をばかにしていた女性らが掌を返して言い寄ってくることに、かなり得意になっていたことは否めなかった。

（だって、みんな急にやさしくなって……）

ラウルはなにより顔の造形がよく、英雄となる前にも女性から声をかけられることは多々あった。だが、誘いにほいほいとついていったラウルは何度か食事やデートをしたところで、思っていたのと違うと言われて、それ以上に発展したことがなかった。

一番ひどかった言葉は、いくら顔がよくても言動が残念すぎて、だった。

そうして女性に振られ続け、落ち込んでいたラウルが英雄という栄光を得た途端、残念さなどどうでもいいと言わんばかりに言い寄られ、やさしくされるようになった。以前ならラウルが声をかければ返ってきたのは冷たい目と酷評であったのに、いまでは可憐な笑顔だ。

（そりゃあ、勘違いするだろっ）

ラウルはその変化に浮かれていた。このあたりが残念と言われる所以《ゆえん》の一つなのかもしれないが。

（ああ、そうだよ、私は残念なやつだよ！）

そんなラウルを見かね、おまえは残念なやつだなと哀れみの目を向けてきた友人がいた。ラウルはそのときこそ反発していたものの、いまではそのとおりだと認めざるを得ない。

彼女らの好意が英雄という肩書に対するものだと知らずに浮かれていたことも、その好意にほいほいとついていって、結婚だなんだと迫られて怖くなって逃げ出したことも、すべてが残念だ。

「……だからといって！　……こんなの、あんまりだぁ……っ」

情けない声を上げて目に涙を浮かべ、両手で顔を覆ってうなだれる。英雄と呼ばれた残念な男、ラウル・ルノーにはさまざまな悲劇が起こっていた。

誘われて食事に行った帰りにラウルが女性を——ではなく、女性に彼が連れ込まれそうになったり、未だに清らかなラウルが、身に覚えのない女性に「あなたの子です」と赤子を抱えながら叫ばれたりといった、さまざまな悲劇だ。

特に、あなたの子ですと叫ばれた悲劇はラウルの精神を蝕《むしば》んだ。

たまたまその場に居合わせたまったく知らない人々に蔑《さげす》むような目で見られたことや、同僚の女性らから当たりがきつい期間があったこと、同僚の男性らからは揶揄《やゆ》されたことなど、なにもかもがつらかった。

赤子と本当に血がつながっているかどうかは、熟練の魔法使いに検査してもらってすぐにうそだとわかったが、相応に金が必要だった。

そこまでして証明しても同僚らにはなかなか信じてもらえず、こうなったのは自身の行いのせいではないかとすら言われてしまった。

（私が悪いのか……？）

たしかにラウルには残念な面があるものの、一方的に責められるほど悪いことをしたことなどなかった。被害にあったのは自分なのになぜそこまで言われなければならないのか、ラウルは初めこそう思っていたはずなのに、言われ続けるうちに自分に非があるように思うようになっていた。

心無い言葉をなんとか笑って聞き流していたラウルだが、彼の心の奥底に少しずつ女性への恐怖が積もっていき、そしてそれはある悲劇によって爆発してしまった。

(あんなことが起きるってわかっていたら……っ)

ラウルは女性に対する恐れを内に秘めながらも、けっして女性が嫌いではない。

そんなラウルは三年前、ある女性の誘いを受けた。相手は事件が起こる前からの顔見知りで、たまに王都警備隊の詰所に食事を届けにやってくる、近くの店の看板娘だった。

だれに対しても笑顔で明るくやさしい彼女がまさかあんなことをしでかすなど、ラウルはもちろんのこと、だれも想像だにしなかった。

ラウルにとってもっとも恐ろしく、記憶から消し去りたいその日のこと。

女性は食事をしながら、ラウルを以前から好きだった、結婚を視野に入れて交際してほしいと告白した。これが英雄となる前のラウルなら、一も二もなくうなずいていただろう。

だがさまざまな悲劇を経験したラウルはおよび腰になり、顔を青くしてそれを拒んだ。

『残念です。けれど、きっとすぐに気が変わってくれると思います』

告白を断ったラウルにその女性はとてもきれいに笑ってみせた。

その笑顔をのんきにかわいいと思っていた自分が情けない。あのとき言葉の裏に隠された企《たくら》みに気づけていればよかったのに。

ラウルは三年たったいまでもそう自責し、その記憶は彼をひどく苦しめ続けている。

（薬を盛られるなんて……っ）

きれいな笑みを浮かべた女性は、ラウルが呑んでいた酒に薬を混ぜて彼の意識を混濁させ、既成事実を作ってしまおうと強硬手段に出たのだ。

その薬はいわゆる、媚薬のたぐいのものだった。薬が回って体調を悪くしたラウルはたまたま、というよりは計算されていたのだろうが、食事処が宿を兼ねていたため女性の誘導で部屋に入った。この時点で、ラウルはまともな判断ができないほどに意識が混濁していた。

女性が盛った薬の量が多かったこと、そしてラウルに酒が入っていたことで恐ろしいほどに薬が回り、彼は部屋に入るなり完全に意識を失った。女性はなんとかラウルをひきずってベッドに移動させて服を脱がせたものの、勃つものが勃たなくて困り果てていた。

そこに王都警備隊員がやってきて部屋の扉を乱雑にたたいた。ラウルの酒に薬が盛られる一部始終と、彼のあまりの顔色の悪さに危険を感じた店員の一人が王都警備隊を呼んでいたのだ。

女性は抵抗していたが、その間にわずかに意識を取り戻したラウルは女性を力の限り突き飛ばし、嘔吐して再び意識を失った。

結局、隊員は鍵のかかった扉を強行突破し、下半身をさらけ出した状態で顔色を真っ白にし、泡を噴いて嘔吐物にまみれたラウルと、突き飛ばされたはずみに顔に傷を負って気絶した全裸の女性の姿、という悲惨な光景を目の当たりにすることになった。

当時のラウルは非常に危険な状態だった。もし店員が王都警備隊を呼んでいなければ、いまごろこの世にはいなかっただろう。

(……食事に行っただけで、女性に襲われるなんて思うわけないじゃないかっ)

男の自分が薬を盛られて女性に犯されそうになり、生死の境をさまようことになるなど、ラウルは思いもしなかった。ただかわいい子から食事に誘われてついていった、それだけだというのに。

だが、ラウルの悲劇はそれで終わりではなかった。

(お……思い出しただけで……息が……)

ラウルは緊張に体がこわばり、息苦しさを覚え、胸に手を当てて深呼吸をする。その一件はラウルに大きな心的外傷のみならず、障害をも負わせていた。

事件が起きて間もないころ、ラウルは女性と目が合うだけで発作を起こし、会話をしようものなら途中で気を失うほどだった。

そんな状態では当然、仕事にも支障をきたした。

女性と目が合って顔色を悪くするラウルを上官は叱りつけ、同僚たちは悪気なく笑った。ラウルはそのときのことを思い出してさらに吐き気を覚える。

(うぅ……気持ち悪い……)

酒のせいか、それとも精神的な負荷のせいか、ラウルは口元を手で覆って吐き気と闘った。なんとか押さえ込んでことなきを得たラウルはため息をつくと、両手で顔を覆う。

(男らしくない……こんなことだから、笑われるんだ……)

ラウルは同僚らに男なのに情けないと冗談めかして笑われ、精いっぱいの虚栄心でそうだよなと笑ってみせたが、内心ではかなり落ち込んでいた。ラウルのその心を理解する者はだれもおらず、それどころか追い打ちをかけるように、ことを起こした女性が彼の前に現れた。

女性が現れた際、ラウルは途中で気を失ってしまったため、当時の記憶は曖昧《あいまい》だ。ラウルの同僚いわく、事件を起こしたことで店をクビになった女性は、顔に傷を負った責任を取れと結婚を迫ってきたそうだ。

しばらく女性の粘着行為が続き、そこからさらに一悶着あったものの、最終的に女性は家族に連れ帰られる形で王都を去り、いまは田舎《いなか》で過ごしているという。

だが、それまでの傷を負った女性の執拗な粘着行為や周りの理解を得られない孤独は、ラウルの心を蝕《むしば》んでいった。

「……昔に戻りたい……」

英雄などと呼ばれることなく、女性に言い寄られることもなかったころ。ことあるごとに残念な男だと言われるほうがましであったと、ラウルは心底思う。

「昔に……うぅ……っ」

きれいな女性を見かけては胸を高鳴らせ、妄想で自分を慰めていたころのほうがはるかにましであった。酔いが回っているラウルは涙目で自分の股間に目を向ける。ラウルにはだれにも相談できない、つらく苦しい悩みがあった。

(勃たなくなったなんて……っ)

それは女性との事件から三年もの間、股間がぴくりとも反応しなくなってしまったことだ。妄想の中ですら女性が豹変して縮こまってしまうほど、ラウルは深刻な状態だった。

ラウルは女性におびえて男らしくないと笑われ、その上自身がまったく機能しなくなり、男としての自信がずたずたになってしまった。

（いやだ、このままなんて！）

ラウルはだれからも理解を得られず、だれにも相談できないまま一人悩み続け、その精神はかなり危うい。女性への恐怖を克服しようと、ラウルは必死だ。

ラウルはこの半年でなんとか同僚の女性の目を見て話をし、握手程度ならできるようになった。

だが、相手が顔見知りの女性ならまだしも、見知らぬ女性に対してはまだまだ緊張してまともに目も見られず、当然、しゃべることもままならない。

（……行動しないとっ）

ラウルには夢があった。

たいそうな夢ではなく、ただすてきな女性と結婚し、子どもを三人ほどもうけ、慎ましくもしあわせな家庭を築くといったごくごく平凡な夢だ。

だが、いまの彼にはそのささやかな夢が絶望的に遠くなっている。

（このままずっと一人だなんて……絶対にいやだあぁっ！）

ラウルは頭を抱えてテーブルに突っ伏す。ついに落ちたのかと店主は心配した様子を見せたが、ラウルはすぐさま金を置いて勢いよく立ち上がった。

「店主っ、ありがとう！」

「お、おぉ……あんた、大丈夫か？」

「大丈夫だ、問題ない！　私には……やるべきことがあるんだ！」

「お、おう。がんばれよ」

ラウルが夜に酒を呑んで街を徘徊しているのには理由があった。やけになって酒を呑んでいるというのも理由の一つではあるが。

（今日こそ、女の人に声をかけるんだ！）

ラウルは酒の力を借りて、女性への恐怖に打ち勝とうとしており、そのためにこの数日、酒を呑んで女性に声をかけようと試みていた。

いまのところ成功したためしはない。

「お客さん、だいぶ酔っているけど大丈夫か？」

「……そこまで言うほど、酔っていないしっ」

「酔っぱらいは、みんなそう言うんだよ」

ラウルの顔は真っ赤で吐く息は酒くさく、どこからどう見てもただの酔っぱらいだ。これがあの英雄ラウル・ルノーだとはだれも思うまい。

（いいや、ほどほどに酔えたし……行くぞ！）

ほどほどどころではなくだいぶ酔っ払ったラウルは辺りを見回したが、店内には女性の姿はなかった。こんな夜更けに一人で出歩く女性はそういない、必死になりすぎているラウルはそのことにすら気づいておらず、この数日を無駄にしていた。

「次の店、行くか……」

ラウルはふらふらとした足取りで歩き、扉を開いて外に出る。夜の冷えた風が頬をなで、ほんの少しだけラウルの酔いを醒ました。

「星はきれいだな……」

憂鬱《ゆううつ》げにため息をつき、ラウルは空を見上げる。ラウルの心とは裏腹に、雲一つない空には星が美しくかがやいていた。

あの事件が起きて英雄扱いされなければ、ラウルはいまもただの一隊員としてなに不自由なく、女性に振られながらもそれなりに楽しく過ごしていたかもしれない。

(……こんなこと、考えても無駄だな)

ラウルは再びため息をつき、早々に考えを改める。うつむきながら必死に涙をこらえ、早足で夜の街を歩き続けた。

(もっと、男らしくならないと……!)

男らしくない。情けない。冗談めかした同僚らのその言葉にラウルは追いつめられていた。酒を呑んで女性と接触しようという考えにいたったのは、追いつめられた精神が故《ゆえ》にだろう。

「……よし、行くぞ!」

ラウルは適当な店に入ると一人でいる女性の姿を探し、見当たらなければすぐに出ていくという、店側からすれば迷惑極まりない冷やかし行為を繰り返す。素面《しらふ》であれば小心者のラウルにそんな行為はできなかっただろう。

時間が時間なだけに一人でいる女性の姿など見つからず、無為に時間だけが過ぎていく。そろそろ諦めるしかないかと思い始めたラウルは、次で最後にしようと、ある店に入った。

（……次こそは！）

ラウルは気合を入れて扉を開き、すぐに中を見回す。店にはちらほらと客の姿があったが、女性が一人だけの客は見えなかった。連れがいる女性は見つけたが、さすがのラウルもそこに声をかけに行くほど頭が回らないわけではない。

「うぅ……今日も、失敗……か……」

ラウルはがっくりと肩を落とし、ふらふらとした足取りでカウンターに向かう。途中でテーブルにぶつかってにらまれるが、酔って視野が狭くなっているラウルにはなんの効果もなかった。

カウンターにたどり着くと、ラウルは目についた椅子を引いて座りそのままテーブルに突っ伏す。その様子にぎょっとした店主はカウンター越しに、心配そうにラウルに声をかけた。

「大丈夫かい？」

「あぁ、道のりは遠い……」

「なに言っているんだい、お客さん……大丈夫かい？」

「大丈夫……酒を……」

ラウルは顔を突っ伏したまま片手を上げて酒を頼む。あまり大丈夫そうに見えない様子に店主は肩をすくめた。

「お客さんも、もうだいぶ酔ってるね」

「……も？」

そこでようやく、ラウルは隣にだれかが座っていることに気づいた。店の扉からでは死角になる位置だったため気づかなかったのだろう、ラウルが追い求め続けた、こんな時間に外で一人でいる稀有《けう》な女性だ。

「……っ」

ラウルはその存在を認識した途端、悲鳴を上げてその場から逃げ出しそうになった。すんでのところで悲鳴を呑み込み、腰を浮かした程度で済ませたラウルに、その女性は億劫《おっくう》そうに目を向ける。

まとめ上げられてはいるが少し崩れた髪に、泣き腫らした跡の見える藍色の目。ラウルの目の前には彼に負けないくらい真っ赤な顔でちびちびと酒を呑んでいる女性——アメリの姿があった。

「そっちの人は酔っていそうだけれど……私は、酔っていないわ」

アメリはラウルを一瞥《いちべつ》すると、そのまますぐに視線を手にした酒に戻す。ラウルはアメリが彼の正体に気づく様子がないことに安堵したが、ふと違和感を覚えて首をかしげる。

(……こんな時間に、どうしたんだろう。なにかあったのかな……)

ラウルはこんな夜遅くに女性が一人酒場にいることは珍しいと気づいた。普段からその鋭さがあれば、この数日を無駄にしなかっただろう。

そのことには気づかず、ラウルは酒の力もあったのだろうが、恐怖よりも心配する気持ちが勝ってアメリに声をかけた。

◆

「……私は、酔っていないわ」

アメリはやけ酒を呷《あお》っている自覚があったが、エドガールのことを引きずっている自分を認めたくない気持ちで店主の言葉を否定した。

そのついでにラウルへと目を向けるが、すぐに手元のグラスに視線を落としてため息をつく。ひどく陰鬱な気持ちであったアメリは、これ以上見知らぬだれかと関わる気が起きなかった。

「あの、……どうしたんですか？」

しかし、関わる気のなかった相手に心配そうに声をかけられ、アメリは再びラウルへと目を向ける。怪訝《けげん》そうな視線を受けたラウルはびくりと体を震わせ、慌てて言葉を続けた。

「いやっ、その……泣いているから、どうしたのかと思って！」

「……私が泣いていても、あなたは困らないでしょう？」

「そうっ、だけど……えっと、名も知らないような相手なら、言えることもあるだろ……？」

「え？」

アメリはその言葉に目を丸くし、ぱっとラウルから視線を外す。その言葉と表情から、ラウルが本心から心配していることはわかった。

（どうして……やさしい人ばっかり……）

アメリは再び泣きそうになり、それを隠そうとうつむく。その反応をどのように受け取ったのか、ラウルはがっくりと肩を落とした。

「あなた……いい人ね」

「えっ」

「名も知らない女の愚痴を、聞いてくれるの……？」

アメリはそれに気づかず、顔を向けずにラウルへと声をかける。

お互いまったく関わりのない、名前も知らない、初めて会ったばかりの相手だ。だからこそ、なにを話してもこの場限りの話で終われる。

弱っているアメリは心の内を、つらくてかなしい気持ちをだれかに聞いてほしかった。そんなアメリにとって、声をかけてきたラウルはまさにうってつけの存在だった。

「いい人……。うん。私でよければ……」

ラウルは多少にやけながらうなずいた。うつむいていたアメリはそれに気づかずにいくらか気を許し、グラスを両手で抱えてぽつぽつと話し始める。

「……私、恋人に浮気されていたの」

「……えっ」

「ああ、もう……元、恋人かな」

アメリは力なく笑い、言葉につまりながらも三年間の思い出を語った。

初めての恋、初めての恋人、なにも知らないまま充実してしあわせだったころのこと。

ラウルはただそれに相槌を返し、うなずくだけだったが、アメリはなにも言わずに話を聞いてもらえるだけで十分だった。

「……それで、初めて人をたたいちゃった」

アメリは自分の左手を眺める。掌の痛みと同じくらい、いやそれ以上に胸が痛かった。その痛みにこれが現実だとまざまざと思い知らされ、目に涙が浮かぶ。

「あ、その……」

「っ、ごめんなさい……私ったら、まだ、未練たらしく……」

現実だとわかっていても、夢であってほしいと願ってしまう。アメリはそんな自分を嘲笑《あざわら》い、うつむいた。

(……ばかみたい)

陰鬱な気持ちでしばらく黙り込んだアメリだが、隣で身動きする気配を感じて顔を上げる。そちらに目を向けると、ズボンのポケットからくしゃくしゃになったハンカチを取り出しているラウルが目に映った。

「あっ！　い、いや、なんでもないんだ！」

どうやらラウルはハンカチを差し出そうと考えたようだ。差し出せるものではないと判断したのか、慌ててハンカチをポケットにねじ込んでいる。

その一部始終を見ていたアメリは小さく笑った。

「……ふふ、やさしいのね」

「んんっ……その……」

見られていることに気づいたラウルは顔を真っ赤にし、ごまかすように咳ばらいを一つした。そのまま視線をさまよわせ、迷いながらも言葉を続ける。

「その人のことが好き……なんだな」

「……っ」

まだ好きだったと過去形にできないでいるアメリにはその言葉が響いた。ほろほろと涙を流し、嗚咽《おえつ》し始める。

「……っ、そうなの！　こんなことになっても……知ってもっ、まだっ、……彼のことが好き……」

アメリは最初からだまされ、裏切られていたことを知っても、想いを断ち切れずにいた。

三年間なにも気づかずに信じ続け、裏切りの真実を知っても未だに想いを抱え続けている自分が嫌でたまらなかった。

「復縁なんて、絶対にありえない、けれど……、でも……っ、…………さみしい……っ」

心に大きな穴が空いてしまったような感覚だった。かなしくて、苦しくて、なによりさみしい。

アメリは感情があふれて涙が止まらなかった。

「あ……」

ラウルはアメリに手を伸ばした。だが手が震えて触れることができず、そのまま手を引っ込める。

「……えっと、これ……」

ラウルは再びハンカチを取り出し、おそるおそるアメリに差し出した。アメリはくしゃくしゃになったハンカチを差し出され、小さく笑い出す。

「……ふっ、ふふ……」

「ごっ、ごめん！　汚くて……」

「ううん……」

アメリは泣きながら笑い、ハンカチを受け取って涙を拭った。くしゃくしゃで不格好でも、それはやさしくてあたたかい。

「……ありがとう……」

拭っても拭ってもアメリの目からは涙があふれたが、少し気が楽になった。流れる涙を拭い、落ち着きを取り戻したアメリはぽつりとつぶやく。

「私って、本当にばかよね……」

まだ未練のある自分が情けなくて、悔しい。そんなアメリのつぶやきにラウルは首を横に振った。

「ばかなんかじゃない……と思う」

「え？」

「頭ではわかっていても……気持ちってうまく切り替えられない、よな……」

その言葉はアメリの心に浸透していく。

自分の心だというのにままならないもどかしさ。頭ではわかっていても、すぐに想いを断ち切ることは難しい。

（……この人も）

ままならぬ心に悩み、苦しみながらも生きているのは自分だけではない。アメリはそう思うと少しだけ気が楽になった。

「……そうなの。……わかってくれる？」

アメリは力なく笑い、うつむく。自分が情けなくてたまらなかったが、名も知らぬだれかの共感がうれしかった。

「ありがとう……」

「いや……」

アメリは笑いながら小さな声でラウルに感謝した。ラウルは曖昧《あいまい》に返すと、手に持つ酒に視線を落とす。それから二人の間に沈黙が流れ、少しの気まずさにお互い手に持つ酒に口をつけた。

「……ねえ」

沈黙を破ったのはアメリだ。驚いて顔を上げたラウルの顔をのぞき込むと、心配そうに声をかける。

「……あなたも、なにか嫌なことがあったの？」

「え……？」

「だって、あなたも……泣いているでしょう？」

アメリの言葉を聞いて、ラウルは自分が泣いていることに気づいたようだ。

ラウルは慌ててハンカチを取り出そうとポケットに手を突っ込んだが、そこに目的のものがなくさらに焦り始める。ハンカチはアメリが持っているのだから、どれほど探しても見つかるはずがない。

アメリは自分のハンカチを取り出し、ラウルの涙をそっと拭った。

「……っ」

ラウルは突然のことに顔を赤くし、口を閉じる。顔を赤らめながらもそこには困惑の色が浮かんでいた。

「……名も知らない相手になら、言えることもあるんじゃない？」

アメリはラウルの言葉を返し、少しいたずらっぽく笑った。お互いの名も知らぬ二人がここで話したことは、今夜だけのこと。明日になれば、もう関わることはない他人だ。

「ほら、酔っちゃってるんだから」

「……私は、酔っていない」

「酔っぱらいは、みんなそう言うのよ。私は、酔っていないけれどね」

たいていの酔っぱらいは、自分は酔っていないと言うものだ。アメリの言葉にラウルは釈然としない表情であったが、表情に反して口を開き、小さな声でゆっくりと語り出す。ラウルもだれかに聞いてほしかったのかもしれない。

「……最近、女性に声をかけられることが多くなって……」

ラウルはすぐに言葉につまってしまう。どのようなことを思い出しているのか、その顔は倒れてしまうのではと思うほど青ざめていた。

（……自慢……には思ってはいないようね）

アメリはそばで見ていてかわいそうなくらいに青い顔をしたラウルが心配になった。相当つらい経験をしたのだろうと想像して、ラウルの顔をのぞき込んでやさしげに声をかける。

「……話せば楽になるかもしれない。けれど、話すことがつらいのなら……無理しなくていいのよ」

ラウルは目に涙が浮かび、慌ててそれを袖で拭った。やさしい言葉をかけられ、堪えようと踏ん張っていた気持ちが緩んでしまったようだ。

「う……っ」

ラウルは洟《はな》をすすりながら、涙を隠そうとうつむく。アメリはそれに気づいていないふりをして、手に持ったグラスを傾けた。

「……その」

しばしの間が空いたあと、ラウルが小さな声で話を続ける。アメリはなにも言わず、ただラウルの言葉に耳を傾けた。

「ある人に告白、されて……、付き合う気も、結婚する気もないって断ったんだ……」

「……どうなったの？」

「薬を盛られて……お、犯されそうに」

「えっ!?」

アメリは想像していなかったことの展開に驚きの声を上げてしまう。その声を別の意味に受け取ったのか、ラウルは両手で顔を覆いながら言い訳を口にした。

「自分でも、わかっているんだ！　男なのにまだ引きずっているなんて、情けないって……」

「あなた……」

「ごめん、どうしてこんなに情けない……情けないんだ、私は……っ！」

ラウルは自分を責め続ける。

アメリは静かに首を横に振り、その言葉を否定した。

「そんなことない。情けなくなんかないわ」

ラウルはアメリの言葉を聞いて勢いよく顔を上げる。聞こえた言葉が信じがたかったのか、目を見開きしどろもどろになりながら言葉を続けた。

「そっ、……で、でも、私は男で……男だから、こんなこと」

「男とか、女とか……関係ないじゃない。あなたは理不尽な暴行を受けたんだから……怖かったでしょう？」

ラウルは再び目を見開き、言葉を失った。潤んだ目から涙がこぼれ落ち、ほろほろと流れ落ちる。

「……そ……う……っ、うぅ……っ」

それから、体裁も気にせずに泣いた。アメリはその姿を笑ったり馬鹿にしたりなどせず、ただその隣で心に寄り添う。

「……怖かったんだ……私は……」

「……うん、そうだね」

「いまでも思い出して……、もう、酒、呑まないと、女の人に話しかけられないし……」

「……つらいよね」

「もう三年も！　勃たなくなったし！」

「……そ、それは……つらい、ですよね」

「つらいっ！　女の人怖い！　でも女の人が好きだ！」

「うん、うん」

「このまま一生童貞なんて、いやだぁぁ……」

「……うーん」

酒と感情の暴発でとんでもないことを暴露しているラウルだが、本人はまったく気づいていない。そのまま顔を両手で覆い、さめざめと泣き続ける。

（本当に、つらかったんだろうな……）

アメリは男性特有の悩みについては共感できないものの、ラウルが三年間苦しんでいたことは想像にかたくなかった。少し困ったように首をかしげると、彼女は手に持っていたグラスをテーブルにそっと置く。

「……怖かったね、つらかったね」

そしてラウルのすぐ隣に移動すると、両腕を広げて彼の頭を抱き、その髪をそっとなでた。

「へ……」

ラウルは気の抜けた声を出して固まった。そのまましばらく固まっていたが、ややあってアメリの胸に顔をうずめる。アメリが慰めるように頭をなでると、ラウルが小さな声をもらした。

「……た……」

「た？」

「……勃ちそう……」

「えぇっ!?」

アメリが腕を離して身を引くと、ラウルは自分の股間に目を向ける。

「……どうしよう」

「えっ!?　……私にどうしようと言われても……」

涙目で自分の股間を見つめるラウルに、アメリは反応に困って視線をさまよわせた。この流れだ、ラウルが自分に反応したということはわかる。

（……そういう意味……ではないようだけれど……）

ラウルはアメリに目もくれず、ただ自分の股間を凝視している。彼は誘っているわけではなく、本当にどうしていいのかわからないようだ。

二十四年間、女性とそういった関係になったことが一度もない男が、そのような誘いなどできるはずもない。

（だからって……じゃあ、とはならないわ）

アメリはラウルが三年もの間苦しんでいたことは不憫だと思っているし、このまま一生童貞だと嘆いていることも哀れだとは思う。

だが、それとこれとは話が別だ。

アメリはそっとしておこうと思ったが、ほんの数時間前のことを思い出して考え直した。

（……いえ、もう私は……一人だもの）

操《みさお》を立てる相手はもういない。アメリはやけになっている自覚があったが、自分にやさしくしてくれた不憫な青年を元気にできるのならと考え、小さな声でラウルに提案する。

「……なら、試してみちゃう？」

ラウルはアメリの言葉の意味をすぐには理解できず、ぽかんと口を開いて固まる。ややあって理解できたのか、勢いよく身を乗り出して大きな声を上げた。

「い、いいのかっ⁉」

「ちょっ、……声が大きいわ……！」

「えっ⁉　あ、……ごめん」

ラウルは慌てて両手で口を押さえ、椅子に座り直す。その目が期待に満ちているのを見て、アメリは小さく笑った。

「あなた、いい人だし……私ももう一人になっちゃったから……ね。今夜だけ、忘れさせてよ」

アメリは三年間の思い出を、ラウルは三年間の苦しみを忘れるために。お互いに慰め合う、今夜限りの関係だ。

「……お願いします！」

ラウルは立ち上がると、アメリの前に直立して深く頭を下げた。アメリは目を丸くして呆然とラウルを眺めていたが、しばらくして噴き出す。

「っふ、ふふ。もう……」

雰囲気もなにもない、けれどもその必死な様子がアメリには不思議とかわいく思えた。

アメリが席を立つと、ラウルは二人分の金をカウンターに置く。

「じゃあ……！」

ラウルはアメリの手をつかみ、足早に酒場を出た。アメリは逆らうことなく笑いながら従い、二人は近くの宿に入っていった。


二人が入ったのは近くにあった安宿の一部屋。壁は薄くベッドは簡素なものだ。それらが気になったアメリは荷物の中から小さな箱状のものを一つ取り出した。

(使えるかな……)

それはアメリが試作した魔道具だ。狭い範囲ではあるが、一定時間、音を遮断する結界を張る魔法を発動させる。元はエドガールがこんなものがあったら便利じゃないかと提案したものだった。

(……まさか、こんなところで使うことになるなんて)

エドガールにお披露目する機会は未来永劫なくなり、まさか別の男と使うことになるとは、とアメリは内心で自嘲《じちょう》した。

そんなアメリの様子に気づくこともなく、ラウルはベッドの前でおおいに焦っている様子だった。きょろきょろ辺りを見回して、額には汗が浮かんでいる。

「……ねえ、あなた」

「えっ!?」

「気分悪くなったりしていない？」

「あ、……だっ、大丈夫だ、問題ない！」

問題ないという顔ではなかったが、アメリはそれ以上なにも言わなかった。

ラウルの顔は真っ赤だが、気分が悪くなったわけではなさそうだ。自分で童貞だと暴露していたので、初めてのことにどうすればいいのか戸惑っているのだとアメリは受け取った。

「服、脱いじゃおうか」

「あ、あぁ！　うん。そうだなっ」

ラウルは帽子を目深《まぶか》にかぶったまま上の服を脱ぎ始める。アメリはその様子に小さく笑いながらそっと近づき、帽子に触れる。

「先に、こっちじゃない？」

「……あっ、忘れていた……」

アメリが帽子を脱がせて眼鏡を外すと、ラウルはゆっくりと顔を上げた。琥珀色《こはくいろ》の目と目が合い、アメリは思わず息を呑む。

くるりと巻いた金色の髪は艶《つや》があり、同じ色のまつげもくるりとカールしている。肌は白くきめ細やかで、鼻筋がすっと通ってとても整っていた。

（……女性から言い寄られるって言っていたけれど……うん、たしかに納得の顔ね）

帽子と眼鏡の下に見えていた顔でも十分に美しく見えていたが、アメリはその全貌を改めて目の当たりにして感嘆する。酒に酔っていて顔が真っ赤でも、十分に美しいと表現するに値するだろう。

「……あの……」

「……えっ？　あ……ええと、どうしたの？」

うっかり見惚れていたアメリはラウルの声で意識を引き戻す。顔を真っ赤にしたラウルはおそるおそるといったようにアメリに問いかけた。

「……キス、していいか……？」

「えっ、キス？」

ラウルは気恥ずかしそうに、視線をさまよわせてもじもじとしている。

（……その顔なら、なんでも許されそう）

キスは好きな人としかしないと操《みさお》を立てる必要もなくなったアメリは、悩むことなくうなずいた。

「あなたがしたいなら、どうぞ」

アメリが許可した途端、ラウルはぱっと表情を明るくする。ラウルはがちがちに緊張したままぎこちない動作でアメリの肩をつかみ、唇に自分の唇をそっと押し当てた。

「……大丈夫そうね」

「あ……ああ」

「じゃあ、もうちょっと……」

アメリは両腕を広げてラウルの背に回した。ラウルの反応をうかがい、恐怖や拒絶がないことを確認しながら目を閉じて唇を差し出す。ラウルもアメリの背に腕を回し、二人は抱き合いながら軽い口づけを交わした。

そのまま舌を差し出し合い、絡ませ合って深く口づけし合う。唇が離れ、紅潮したアメリを目の前にしてラウルは落胆した。

「……た……勃たない……」

深い口づけもラウルの股間にはあまり響かなかったようだ。多少の反応はあったものの、勃ち上がると言うにはまだほど遠い。

「……そんなに焦らなくても、これからじゃない」

「勃たない……つらい……きつい……」

「だっ……大丈夫よ。ほら、全部脱いじゃいましょう！　ばんざーい」

アメリは、喪失した自信をさらに失い涙目になったラウルを慌てて励ます。

ラウルが言われたとおりに両腕を上げたので、アメリは彼の上着をさっと脱がせたが、現れた肉体に思わず感嘆の声をもらした。

「わぁ、いい体……」

ラウルの体は鍛えられ、しっかり筋肉がついていてたくましく、多くの傷痕が残っている。アメリは少し盛り上がった傷痕の一つを指でなぞり、ぽつりとつぶやいた。

「すごく鍛えているのね。それに……傷だらけ」

「あぁ、これは五年前に……」

「五年前？　……もしかして、王都警備隊の人なの？　あっ……ごめんなさい、やぼなことを聞いたわ」

五年前の大事件は王都に住む者なら誰でも知っている。

そのころのアメリは王都に出てきたばかりで、事件に出くわして魔物に襲われていたところを王都警備隊に助けられた。

その隊員はラウルだったかもしれないし、ほかの隊員だったかもしれない。王都警備隊の被害は大きく、命を落としてしまった隊員だったのかもしれない。

「体を張って、こんな傷をたくさん負って……私たちを守ってくれてありがとう」

ラウルはその言葉を聞いて涙を流した。アメリはぐずぐずと洟《はな》をすするラウルの頭をやさしくなでる。

「酔っているから、涙腺弱くなっちゃっているのね」

「私は、酔っていない……」

酔っていないと主張するラウルに、アメリは苦笑する。お互い素面《しらふ》であれば、こんな状況になることもなかっただろう。

「……私も、あなたも、酔っているのよ」

「酔って……」

「……ね？」

「……いる」

「よしよし」

ラウルは素直に認め、アメリは満足げに笑う。

アメリが自分の胸のボタンを上から一つずつ外し始めると、ラウルがその様を目をそらさずにじっと見つめてくるので、アメリはさらに笑った。

「ほら、下も脱ぎましょうね」

「う、うん……」

下着姿になったアメリは少しかがみ、ラウルのズボンを脱がせる。お互い、身にまとうものは下着のみとなった。

「うぅ……勃たない……」

アメリの下着姿にラウルの股間は多少反応しつつも、まだ勃ち上がるほどではなかった。ラウルはがっくりと肩を落とし、うなだれる。

「……大丈夫」

アメリはラウルにやさしく声をかけ、そっとその体を抱き寄せた。肌と肌が触れ合い、直接ぬくもりが伝わる。するとそのぬくもりに心を許したのか、彼の体の強張りが少し和らいだ。

「その……触っても……いいかな……？」

「うん」

許可を得たラウルは身を離し、アメリの肩に触れる。そのまま細い肩を軽くなで、そのまま二つの大きなふくらみへとゆっくり手を這わせた。

「ん……」

相手は初めてだから多少乱暴に扱われるかもしれないと心構えをしていたが、アメリの予想に反してラウルの手はやさしい。初めてとは思えない絶妙な力加減でやわやわともまれ、その頂きを指で摘まれて、アメリは息を吐いた。

「あ……っ」

ラウルはアメリの甘い声に驚いて手を止める。だがアメリに嫌がっている様子はないとわかると、再び手を動かし始めた。

次第にぴんと立って存在を主張し始めた桃色の頂きにラウルの目は釘づけになり、アメリは少し恥ずかしくなって目をそらす。

しかし、ラウルはそのまま誘われるように頂きに唇を寄せた。

「んん……っ」

胸の頂きを唇でやわらかく食まれ、舌先で転がして吸いつかれて、アメリは小さな声をもらす。くすぐったいような刺激に下腹部に甘いうずきを覚えて腰を揺らしてしまう。そのまま胸を攻め続けられ、やがて音を上げたアメリは止めに入るためにラウルの頭に手を置いた。

「……っもう、待って……っ」

素直にその言葉に従ったラウルは、唇を離して顔を上げる。

ラウルの目に映るのは、頬を赤く染めて少しほうけたような表情のアメリだ。アメリはラウルから身を離し、手を伸ばして彼の下着に触れた。

「……あっ」

そこに意識を向けたラウルは、自身が熱を帯びていることに気づいた。この数年、兆しすらなかったそこがいま、勃ち上がろうとしている。その事実にラウルは感動した様子で、涙目になった。

「……ほら、大丈夫でしょう？」

「……うん」

アメリの言葉にラウルは不思議と安堵した表情を見せた。ラウルの恐怖心を恥ずかしいことではないと受け入れたアメリの言葉だからかもしれない。

「……ベッド、行ける？」

「行く」

「ふふ……じゃあ、行きましょう」

狭い部屋だ、ベッドまではすぐだった。ラウルが先にベッドに乗り上げ、座り込んだところにアメリがまたがる。

アメリはラウルの顔色を確認して大丈夫そうだと判断すると、ゆっくりと腰を下ろして彼の股間に自身の股ぐらを押し当てた。

「うあ……」

ラウルは下着越しに触れ合った熱に驚きの声をもらす。アメリは彼女を見つめるラウルにほほ笑み、ゆっくりと腰を揺らして擦りつけ始めた。

「んん……っ」

「……あ……っ」

アメリは顔を近づけ、ラウルと至近距離で見つめ合う。

誘うようなアメリの目にラウルの中でなにかが燃え上がったのか、無意識のうちに彼女の唇に口づけた。ラウルは舌を絡ませながらアメリの腰を抱き、ぐいぐいと腰を押しつけて擦り合わせる。

「はぁ……っ」

下着越しに触れ合う熱にラウルが夢中になっていると、突然、アメリが唇を離して腰を浮かせた。突然のことにラウルが目を白黒させていると、アメリは熱い息を吐きながら小さく笑う。

「んっ、……はぁ……元気に、なったね」

アメリがそう言って落とした視線の先には、下着を押し上げている彼自身があった。ラウルは驚きに目を見開きながら自身を見下ろし、感動のあまり声を上げる。

「勃った……！」

「よかった、じゃあ……」

アメリはラウルの上から退き、下着を脱いだ。ラウルは身にまとうものがなくなったアメリを、息を荒くしながら見つめている。

「っ、そこ、見たい……触りたい……っ」

顔を真っ赤にしたラウルは、己の欲望を口にした。アメリは彼の素直すぎる欲望に目をしばたたかせたが、わずかに顔を赤らめてラウルの前に座り込む。

「……少しだけなら……」

恥じらいながらもアメリは膝を立て、脚を少しだけ開く。ラウルは初めてみる女性の秘された場所を、穴が空くほどじっと見つめた。

「そっ、そんなに見ないで……」

「はぁっ……すごい……」

ラウルは不意に手を伸ばしてそこに触れる。指先にアメリの中からあふれ出た愛液がまとわりつくのを見て、彼はごくりと生唾を飲んだ。

「……ちょ、まってっ」

そのまま指を動かし、ラウルは中を探ろうとする。アメリはその指の動きを不穏に感じ、慌ててその手を取る。

「……っ、ここだから……」

アメリはラウルの指を彼女の中へとつながる秘裂に誘った。そこはしとどにぬれ、ラウルを受け入れようとしている。

「ここが……」

少し息を荒くしたラウルは、誘われるように指を中へと埋め込む。ゆっくりと奥へと進めていくと、愛液が指をぬらし、中は食むように絡みついた。伝わる熱にラウルの興奮は高まっていき、彼の股間は痛いくらいに欲をふくらませる。

「あっ……指、動かして……」

「……えっ、どうやって……」

「ん……っ、もう、そのまま……」

たかぶるラウルだが、それはアメリも同じだ。アメリは生殺しのような状態に耐えられなくなり、ラウルの手を取って支えて自ら腰を動かし始める。

「ん……っ」

艶《なま》めかしく腰を揺らすアメリの姿に興奮し、ラウルは下着を先走りでぬらした。

「……うぅ……っ、もう、……っ」

ラウルの興奮は最高潮となり、低くうなる。アメリはその声を聞いて、腰を浮かせて指を引き抜くと、体を震わせながらラウルの股間をのぞき込んだ。

「……もう、大丈夫ね」

勃たないと嘆いていたことがうそのように、そこは下着越しでもわかるほどにふくらんでいる。

アメリはラウルの強い視線を受けながら彼の下着に手をかけた。

アメリが下着を脱がせると、ラウルのそれは勢いよく飛び出す。この三年間屈辱に耐え忍んできたそれはいま、活躍のときを迎えて雄々しく力強く勃ち上がった……のはいいのだが。

「……えっ？　……お、大きい……」

アメリにとって、その大きさは想定外だった。どちらかといえば中性的な美しい顔に反し、ラウルの男は凶悪だ。

（……こんなに大きいものだったの？　……えっ、はいるの、これ？）

先走りを垂らしながらびくびくと震え、反り勃つ長くて太い陰茎を前に、アメリはごくりと生唾を飲む。アメリは怖気づいていたが、ラウルにはそれを察せる余裕など一切なかった。

「……はぁ……っ」

大きく息を吐いたラウルは魔法を使って自身に避妊具を取りつける。少量の魔力で薄い膜を張るだけのもので、だれでも使える簡単な魔法だ。

「あっ、ちょっとま……っ」

アメリは、自分がやる気にさせたラウルの様子に怖気づき、制止しようとした。だが言い終わる前に肩をつかまれ、そのままベッドに押し倒された。

「……っ」

見上げたアメリの目に映ったのは、ぎらぎらと情欲を宿したラウルの目だ。さきほどまで泣いていた目とは違い、まるで獲物を狩る肉食獣のような獰猛《どうもう》さすら感じる。

「あ……」

その目にアメリは息を呑み、胸を高鳴らせて言葉を呑み込んだ。アメリの胸に湧き上がったのは恐怖ではなく、甘い期待だ。

ラウルはアメリの両脚をつかむと左右に大きく開く。アメリはそれに逆らうことなく、ただ黙ってラウルを見上げていた。ぬれそぼつ割れ目に自身を押し当て、ラウルはそのまま中へゆっくりと入っていく。

「う、あぁ……っ」

先端を埋め込んだラウルは声をもらし、抑えが利かないといった様子で、そのままぐいぐいと腰を押し進めていく。根元まですべて埋め込んだあとも、心地よさそうにただただ熱い息を吐いた。

「あぁ、うそ……」

アメリは最奥まで届いた、中を埋め尽くす圧迫感に目を見開く。どくどくと脈打つ熱い楔を感じながら、信じられないといったように、自分の下腹部に目を向けた。

「全部入るなんて……こんな、奥まで……」

「うぅ……っ、も、無理……っ」

ラウルは小さくうめき、欲望のままに腰を動かし始めた。

「あぁっ……っ……んん……っ」

腰が引かれる際に剛直が中を擦り、そこから生まれた快感にアメリは悲鳴のような嬌声を上げた。再び奥まで一気に挿入され、最奥を突かれてくぐもった声をもらす。

「う、っあ……っ」

アメリの中はうねり、ラウルのそれに絡みつく。ラウルはその快感にあらがうことなく喘ぎながら腰を振った。肌がぶつかる音とつながった場所から発せられるはしたない水音が部屋に響いている。

(あぁ、……すごい、気持ちいい……っ)

抽送されるたびに中が擦れ、最奥を突かれ、いままで感じたことのない快感にアメリは喘いだ。もっと多くの快感を拾おうとアメリも無意識に腰を揺らし始める。二人はなにもかも忘れ、ただ快楽に身を委ねて激しく求め合った。

「ん、あぁ……っ、もう……!」

アメリはたまらなくなって、甘い声を上げながら、ラウルの腰に両脚を絡める。そのままましがみつくように抱きつき、震えながら高みにのぼりつめようとしていた。

「っ……うぅ、……あっ」

「あぁ……っ」

絶頂を迎えたアメリの中は、ラウルを搾り取ろうとするかのようにうねり、追いつめる。ラウルは堪えきれず、強烈な快感を覚えながら薄い膜越しに精を吐き出した。

「ふ、う、ぅ……っ」

ラウルは荒い息を吐きながら、まるで逃がさないといったように、最後の一滴まで注ぎ込むかのようにアメリの体を掻き抱く。

そのまま二人は体をぴったりと寄せ合い、快楽の余韻に浸っていた。

「はっ……ぁ……」

やがてアメリの体から力が抜けると、ラウルは身を離して彼女の中から抜け出す。しかし、ラウルのそれは一度吐精したというのに、まだ足りないというように鎌首をもたげていた。

「はあっ、……はぁ……っ」

避妊具を取り捨てたラウルは再び魔法で避妊具を取りつけると、ベッドの上で四肢を投げ出しているアメリの両脚をひとまとめにして抱え上げる。

「……えっ、……ちょっと……あぁっ！」

驚いて止めようとしたアメリだが、為すすべなく再び突き入れられて嬌声を上げた。達したばかりで敏感になっていたせいで、最奥への一突きだけで再び達してしまった。

「う、あぁ……っ」

ラウルは一度ぐっと動きを止めて堪えた様子だったが、再び動き出したかと思うと、そのままびくびくと震えているアメリの中で何度も抽送を繰り返した。

「っ……ま、ってぇ、……イッて、イってるからぁ……っあ、ああっ」

ラウルの容赦ない抽送にアメリは喘ぎ、何度も達させられる。

「ごめ……ふ、うぅ、止められない……っ」

ラウルは震えるアメリの体を抱きしめながら彼女の中で吐精したが、二度の吐精でもまだ収まらなかったようで、ラウルのそれはまだ硬さを失っていなかった。

ラウルが再び避妊具を取り替える様子を眺めている間、アメリも快楽のことしか考えられなくなっていた。

「あ、あ、っ、出る……っ」

「あっ、んっ……あぁ、もっと、もっと……っ」

ラウルが後ろから突き入れ獣のように交わり、アメリもまた自らまたがって交わる。

安宿のベッドは行為の激しさを表すかのように、大きく軋《きし》む。くわえて、二人の荒い息と快楽に酔った声が部屋の中に満ちていた。

二人は夜通し体位をかえて激しく求め合い、貪欲な獣のように何度も何度も交わった。

窓から差し込む朝日が部屋の中を照らしている。アメリはずきずきと痛む頭を押さえながら、ゆっくりと上体を起こした。

「……え、なに……？　どこ、ここ……」

アメリは声が掠《かす》れていることに驚いて喉に手を当てる。ついで顔を上げ、ここが自分の部屋ではないことに気づいた。

そのままはっきりとしない頭で部屋の中を見回すと、視界の端、それもすぐ隣に肌の色を見つけて、おそるおそるそちらに目を向けた。

「……ひっ」

小さな悲鳴を上げた彼女の目に映るのは、全裸で眠る男の姿。アメリはそこで自分も全裸であることを認識し、同時に昨日の熱い夜を思い出して顔を両手で覆った。

「……やっちゃった……」

朝、目が覚めたら隣に全裸の男が寝ていた――そんな話を聞いたことがあったアメリだが、それを自分がやってしまうとは思いもしなかった。

どろどろのもみくちゃに激しく交わって、さんざん声を上げたせいで喉は痛み、腕や脚、口では言えないところにも筋肉痛になりそうな痛みがある。

(私ってエロい……じゃない、えらい)

幸い、試作であったが防音の魔道具が有効であったようで、隣の部屋や宿の主からの苦情はなかった。アメリは魔道具を使った自分を内心でほめる。

(うわあ……やりすぎた……)

だが、ベッドは悲惨だ。

使用済みの避妊具があちらこちらに落ちていて、その数はなかなかのものだ。いくらやけになっていたとはいえ、やりすぎだとアメリは少し反省する。

(……でも……すっごく、気持ちよかった……こんなに気持ちいいことが、この世にあったのね……)

だが思い出せばうっとりしてしまうほど、昨夜の交わりは最高のものだった。アメリは行為が好きではなかったが、いままでの価値観が覆ってしまうほどに気持ちよかった。体の相性は最高と言ってもよいだろう。

「……えっと、だれ……だっけ……?」

惜しむらくは、その相性のいい相手が名も知らぬ行きずりの男だということか。

恋人の裏切りを知って衝撃を受けてやけ酒で酔っていなければ、初めて会った名も知らぬ男と一夜を共にしようなどとは思わなかっただろう。

「あぁ……やっちゃった……私、やっちゃった……」

酔ってやけになっているからこそやれてしまった、積極的で信じられないほどの自分の痴態を思い出し、アメリは再び両手で顔を覆う。

(恥ずかしすぎるわ……!)

アメリの脳裏に、このまま逃げ出してしまおうか、という考えがよぎった。

だが泥酔していたとはいえ同意の上でことに及んでおいて、相手にひとこともなく逃げ出すなど失礼だと思い直す。

（……ううん。大人なんだから、ちゃんと自分の行動には責任を持たなきゃ）

不誠実で無責任な人間にはなりたくない、その想いがアメリをとどまらせる。同時に、頭に元恋人の姿を浮かべてしまい、アメリは片手で頭を押さえて深いため息をついた。

「……結婚、すると思っていたのにな……」

アメリはほかの男と関係を持っても、まだ元恋人を引きずっていた。ことに及んでいる間はなにも考えずにいられたが、冷静になって時間ができると、つい考えてしまう。

（……この人にも、悪いことしちゃったな）

自分のなげやりな行為に付き合わせてしまった隣に眠る男、ラウルに申し訳なく思う。そんなアメリの罪悪感など露知らず、ラウルはのんきによだれを垂らしながら、にやけ面でしあわせそうに眠っている。

「……んん……う……っ」

アメリが寝顔を眺めているうちに、ラウルも目が覚めたようだ。ラウルはゆっくりと上体を起こしながらごしごしと目を擦ると、うなって頭を押さえた。どうやら、二日酔いのようだ。

「いっ……つぅ……」

ラウルは頭を押さえながらゆっくりと辺りを見回し、隣にいるアメリと目が合って固まった。アメリがにこりとほほ笑むと、ラウルはぽかんと口を開いて呆然とする。

「おはようございます」

「……お、はよう……ございます……？」

ラウルはまだ頭が回らず状況を呑み込めていないようで、目をしばたたかせておうむ返しで挨拶をした。寝ぼけた表情でもその美貌は揺るぎなくて、アメリは少し羨ましくなる。

「あの、私は……」

「大丈夫です。お互い、べろんべろんに酔っていましたから」

「え？　いや……」

「誘ったのは私、受けたのはあなた。お互い自己責任でしょう？」

「はあ……」

「ひとときの夢だったんです」

「夢……そう、か……？」

起きがけのぼんやりとした状態のまま勢いよく話を進められ、ラウルはその勢いに呑まれたように曖昧《あいまい》ながらもうなずいた。

アメリはその反応に満足してベッドから起き出し、昨夜放り出した服をかき集める。

（早く、お別れしておかなきゃ）

手際よく服を着たアメリが後ろを振り返ると、ラウルはまだ服も着ないままベッドの上でなにかを考え込んでいる。ラウルのもたついた様子はアメリには都合がよかったので、そのまま笑顔で声をかけた。

「それじゃあ、私は先に出ますね」

「へ？　……ああっ⁉　待ってくれ！」

そこでようやく完全に覚醒したようで、ラウルは大きな声を上げて慌てて立ち上がり、アメリを呼び止めた。足を止めたアメリは振り返ると、なにも隠すことなく全裸でベッドの前に立ったラウルを目に映す。

（……顔も体も、アソコまですごいなんて……）

アメリはついうっかりラウルの頭の天辺からつま先までを眺め、その体躯の素晴らしさに感嘆してしまった。美しく整った顔立ち、鍛え上げられた無駄な肉などないたくましい体、そしてアメリを虜にした男のあれ。

（……私ったら！）

アメリは不埒なことを考えそうになり、慌てて首を横に振って考えをかき消した。そんなアメリの反応をどのように受け取ったのか、ラウルは必死に止めようとする。

「待って、あなたの名は……っ」

「……お互い、知らないほうがいいでしょう？」

アメリはこれ以上、ラウルとつながりを持つ気はなかった。

傷ついた者同士が慰め合うだけのひとときの関係だった、アメリはそう思っているが、ラウルは違ったようだ。

「わ、私は……っ」

ラウルはアメリを引き止めようとしたが、なにを言えばいいのかわからなかったのか言いよどむ。食い下がろうとするラウルにアメリはただにこりとほほ笑み、彼へ名前の代わりに応援の言葉をかけた。

「勃ってよかったですね！　これで一安心です！」

「なっ、あ……っ」

「服は着たほうがいいですよ。そのまま出たら変質者です。それじゃあ！」

「まっ、……あっ!?」

そのまま追いかけてきそうなラウルに全裸であることを認識させ、ひるんだ隙にアメリは部屋を出た。駆け足で宿を飛び出し、大通りに出て都合よく前を通った馬車を拾う。アメリは簡素に行き先を伝え、走り出した馬車の窓からラウルの姿がないことを確認すると、ほっと息を吐いて体の力を抜いた。

「……はあ、疲れた……」

アメリは心身共に疲れていた。恋人の裏切りを知ったことで心を疲労させ、行きずりの男と何度も致したことで体も疲労させた。

たった一夜であまりにも多くのことが起きて、アメリの頭はいまにも許容量を超えて爆発してしまいそうになっている。

（……全部、夢じゃないのよね。夢であってくれたら……）

この一夜のすべてが夢であればと思ってしまう。行きずりの男と一夜を共にしたことよりも、アメリは恋人の裏切りを信じたくなかった。

「私って本当に……往生際が悪くて、ばかね……」

自嘲《じちょう》したアメリは両膝を抱え、顔をうずめる。両目にじわりと涙がにじみ、さらに自分が情けなくなってため息をついた。

陰鬱な気持ちが心を覆い、アメリを底のない沼に引きずり込もうとしたとき、ふと、彼女はある言葉を思い出す。

『ばかなんかじゃない、……と思う。頭ではわかっていても……気持ちってうまく切り替えられない、よな……』

ラウルの放った言葉を思い出して、アメリは少しだけ心が軽くなり、小さく笑った。だれかに共感してもらえるだけで、前を向けることもある。

(……あの人も、少しは元気に——いえ、少しどころか……ええ、うん……すごかったな……)

初めは勃たないと落ち込み泣いていたラウルだが、一度火がついたあとは本当に不能だったのかと言いたくなるくらいの絶倫だった。

(すごく、力強くて……その上、色っぽくて……)

ラウルのよく鍛えられた体に組み敷かれ、抱きかかえられたことを思い出して、アメリは顔を赤くする。アメリが見てきた中では最上級に整った美しい顔が快楽にゆがみ、あられもない声を上げていた。

(……だっ、だめだめ、なに考えているのよ!)

頭を横に振って昨夜の記憶を追い払おうとするも、なかなか消えてくれなかった。

だが、そのことを考えているうちは、アメリは元恋人のことを考えずにいられた。

◆

アメリに置き去りにされたラウルは慌てて服をかき集めて着替えた。

もたつき、ボタンを一つかけちがえながらなんとか服を着ると、部屋を飛び出し宿の入り口に向かう。ラウルは扉を開いて外を見回すがすでにアメリの姿はなく、結局追いつくことができずにとぼとぼと部屋に戻るしかなかった。

「……名前……聞けなかった……」

がっくりと肩を落として嘆くラウルは一人、事後のベッドを片づけ始める。ずきずきと痛む頭に苦しみながら手を動かしていると、ベッドの近くにあるものを見つけた。

「……ん？」

ラウルはそれを手に取り、首をかしげる。小さな箱状のものだが、ラウルの持ち物ではないし、外装から見て安っぽい宿の備品とも思えなかった。

「なんだ、これ……魔道具？」

ラウルはそれを手の中で転がしながら観察し、魔道具であることに気づく。だが世に出回っている魔道具のどれにも当てはまらず、こめられていた魔力が尽きてすでに停止しているため、どんな魔道具なのかまではわからなかった。

(これ……あの人のものかな)

ラウルはアメリの姿を脳裏に浮かべ、昨夜のことを思い出す。

夜遅く、一人酒場にいたとてもきれいな女性。長く付き合っていた恋人に裏切られていたと涙を流す様子を思い出し、ラウルは暗い感情に囚われてうつむく。

(あんな美人な女性と恋人になれたくせに、二股だなんて！　……二股ってどうやって成り立つんだ？　あぁ、そんなクズみたいな男には恋人ができて、私には……っ、う、うぅ、羨ましい……！)

生まれてこの方二十四年恋人ができたことなどなく、最近の三年間は女性とまともに会話すらできなかったラウルは、見たことのないアメリの恋人が妬ましかった。

ラウルは酒が入っていなければ、アメリと話をすることすらできなかっただろう。だからこそ余計に妬ましい。

(本当にきれいで、とてもやさしい女性……私の話を、ちゃんと聞いてくれて……)

やけ酒で酔ったラウルを酔っ払いとあしらうことなく、彼の話に耳を傾けた。これに関してはアメリも相当酔っていたからではあるが。

(情けなくなんか、ない……)

後遺症で女性とまともに目も合わせられず、声をかけられては逃げ出すラウルを、同僚は情けないと笑った。悪意はなかったのかもしれないが、そのときラウルが抱いた感情を彼の周りはだれも理解しなかった。それどころか、自分なら食っているのにと楽しげに話す者すらいた。

しかし、アメリはラウルを笑わなかった。情けなくなんかないと認め、だれにも吐露できなかったラウルの感情を言い当てた。

（私は……怖かった）

ラウルは自分より一回り以上大きく、獰猛《どうもう》に牙を剥《む》いて襲ってきた魔物など怖くなかった。だというのに、あのときはたった一人の武器も持たない女性が怖かった。

（……怖かった、つらかった）

情けないと笑われ、情けないと思い込んで自分を追いつめていたラウルを、アメリは情けなくないのだと受け入れた。きつく戒められていたラウルの心は、そのぬくもりのおかげで解かれていった。

触れられても震えず、怖くもない。かつて恐れた女性と同じ性別だというのに、ラウルにはアメリが襲ってきた女性や同僚の女性らとはまったく違って見えた。

（あの人は……やさしくて、温かくて）

ラウルがだれにも吐き出せなかった感情に理解を示し、大丈夫だと受け入れた女性。だれの理解を得られず、次第に周りの考えに影響されて自分を追いつめていたラウルには、どれほどの救いになっただろう。

ラウルにはアメリが聖女か、はたまた女神か、神聖かつ崇高な存在に思えた。

（それに………うん、やわらかかったな……はぁ。すごく……すごかった……）

ラウルはそんな女性とさんざん体をつなげて抱きつぶし、いまも不埒なことを考えている。

人生で初めての体験は、身も心もとろけるほどに甘美な時間で、ラウルは夢中になってアメリの体を貪りつくした。昨夜のことは一生忘れられないだろう。

「あっ!?」

アメリの艶《なま》めかしい痴態を思い出していたラウルは、今起きている自分の体の変化に気づく。この三年間、妄想にすら反応しなかった自身にいま、熱が集まっていた。

「っ……は、反応する……ちゃんと反応している……!」

これまでどんな妄想もラウルを奮い勃たせることはできず、たいてい途中で悪夢に変化し、勃つどころか縮こませることしかできなかった。

だがいまは違う。

妄想はラウルの望むままに広がり、その妄想でとても元気になっている。たった一夜で劇的な変化を遂げたラウルは泣きそうに顔をゆがめ、両腕を振り上げた。

『大丈夫』

(うん……大丈夫だ!)

アメリのやさしい声を思い出し、大丈夫だと自分に言い聞かせ、自信が持てた。ラウルは魔道具を懐にしまうと意気揚々と部屋を飛び出した。

(いまの私になら……っ)

いまなら女性に話しかけることも簡単だ、と言わんばかりにラウルは舞い上がっていた。ラウルは宿の掃除を始めようとしている年配の女性の後ろ姿を見つけ、さっそく声をかける。

「そこの方っ！」

自信に満ちあふれて声をかけたラウルだが、女性が振り返って彼を目に映した途端、一変した。気持ちは萎んでいき、さきほどまでの根拠のない自信は不安に変わり、心臓がばくばくと高鳴り始める。

「……うっ」

ラウルは息苦しくなり、顔色を悪くして嫌な汗をかき始めた。声をかけておきながらなかなか話し出さないラウルを見て、女性は怪訝《けげん》そうに続きを催促する。

「なんだい」

「こっ……こ、こ……こ……こ……ん……」

ラウルはこんにちはと挨拶したかっただけだが、言葉につまってしまった。もちろん、ラウルの股間もとっくに意気阻喪《いきそそう》している。

「……冷やかしかい？　顔がいいからって、調子に乗っているんじゃないよ！」

女性は不快そうに顔をゆがめて怒りの言葉を放った。ラウルの事情を知らなければ、からかわれたと思っても仕方がないだろう。

「ご、……す……あ……」

謝罪もままならずに青い顔をしたラウルをにらみつけ、女性はそのまま去っていく。ラウルはその姿が見えなくなったところでようやくまともに息ができるようになり、胸を押さえてその場にうずくまった。

(……全然、大丈夫じゃなかった……！)

ラウルは息も絶え絶えに胸を押さえながら、眼鏡をかけて帽子を目深《まぶか》にかぶる。この眼鏡と帽子は自分の顔を隠す意図もあったが、周りを視界に映さないためでもあった。

(うっ……失礼なことをしてしまった……)

視界が狭まり、少し落ち着きを取り戻したラウルは、さきほどの女性とのやり取りを思い出してうなだれる。もちろんラウルにそんなつもりはなかったが、女性はからかわれたと思って怒りをあらわにしていた。

(情けない……男なのに……こんな……)

不快にさせたのは自分の態度のせいであり、自分は未だにあの出来事への恐怖に打ち勝てずにいる。これもすべて、情けない自分のせいだ。そんな自責の念に押しつぶされそうなラウルの心は、再び暗闇へと沈んでいく。

「……それに、こんにちはじゃなくて、おはようだった……」

結果としてはこんにちはすら言えていないため気にしてもしょうがないが、いまのラウルにはなにもかもが悪く思えていた。

(ああ、朝だ……そうだ、朝だ。仕事行かないと……)

ラウルは立ち上がると、宿を出てのろのろと歩き出す。

ラウルが所属する王都警備隊の仕事はさまざまだ。王都内各所の警備はもちろんのこと、治安維持のための巡回、犯罪組織の捜査や犯罪抑止、鎮圧、さらには市民からの相談を受けるなど。

実力行使の場合もあるため、日々の訓練も仕事の内だ。

（……今日の討伐は、南側周辺だったな）

そして隊員らからもっともきついと言われている仕事が、王都周辺の治安維持という名の魔物討伐だ。ラウルはこの三年、その王都周辺の治安維持を主とする部隊に所属し、業務にあたっていた。三年前まで王都内での警備や巡回を主とする部隊に所属していた。だがあの出来事により、女性とまともに話せない、場合によっては卒倒するといった心的外傷後ストレス障害によって業務に支障をきたした結果、人と関わり合うことが少ない代わりに魔物と関わるこの部隊に転属させられてしまった。

英雄と讃えられ、騎士爵という栄誉を与えられたラウルだが、実際にやったことはただ魔物を数多く屠《ほふ》り、最後まで立っていただけだ。一兵卒として戦う能力は優れていても、指揮や策略に長《た》けているわけではない。

わざわざ英雄と讃え、騎士爵を冠させ、市民の目を向けさせたラウルを国は手放すわけにもいかず、彼も職を失うわけにはいかず、妥当な転属といったところだろう。

（ああ……嫌だ……）

だが、ラウルは魔物討伐自体が好きではなかった。

魔物討伐とひとことで言えば簡単だが、やっていることは命の奪い合いだ。魔物といえども生物、生きるために人間を襲い、襲ってくる人間に必死に抵抗する。

（……私は……）

五年前の大惨事を経験して魔物の恐ろしさを知っているラウルは、その命を奪うという行為に多少の抵抗はあっても、必要なことだと割り切っている。だれかがやらねばならないことだと理解し、そのだれかが自分になっただけだとも思っている。

人の命と魔物の命を秤にかければすぐに人に傾くが、それでも後味の悪さは未だに消えなかった。

（……情けない……よなあ……）

同じ部隊の者が魔物を討伐して武勇伝として語る姿と、自身が後味悪く口をつぐむ姿。その二つを比べ、ラウルはため息をついた。

しかしそこで、昨夜のアメリの言葉を思い出す。

『体を張って、こんな傷をたくさん負って……私たちを守ってくれてありがとう』

自分の行いが王都に住むアメリを守ることにつながっているのかもしれないと思うと、ラウルはほんの少しだけ気持ちが楽になった。

（……また、会いたいなあ……）

お互い名前も知らず、ついさきほど別れたばかり。

だが、ラウルはアメリに会いたくなった。

◆

アメリは最低最悪な誕生日を乗り越え、いつもの日々へと戻ろうとしていた。職場である魔道具店の扉の前で手鏡を取り出し、鏡に笑ってみせる。

(……うん。……よし、大丈夫)

アメリはうまく笑えたことを確認し、店の中へと入った。

開店前の店内には、肩にかかるほどの長さの赤毛と翡翠色《ひすいいろ》の目を持つ四十代半ばの女性が一人。

アメリはその姿を認めると、笑顔で挨拶した。

「先生、おはようございます！」

「あら、おはようアメリ！」

魔法使いであり、アメリの魔道具師としての師でもある、店主のジュスティーヌだ。ジュスティーヌは布で魔道具を磨いていたが、アメリの姿を見るなり手を止め、にこりとほほ笑んだ。

「お休みは楽しかった？　恋人とおうちデートだったんでしょう？」

「あはは……それがですね……」

誕生日の翌日にわざわざ取った休日、アメリは結局戻りたくないと思っていた部屋に戻って引きこもっていた。許すつもりはなかったが、もしかしたら、エドガールがやってくるのかもしれない、と考えていたからだ。

未練がましいとわかっていても、まだエドガールが自分を求めてくれるのではないかとアメリは少し期待していた。だがその期待は裏切られ、その日、エドガールがアメリのもとにやってくることはなかった。

求められなかったかなしみと、これでよかったという安堵という相反する心に翻弄され、アメリは一晩中枕を涙でぬらしていた。

（……大丈夫）

アメリは一つ深呼吸すると、少しだけ困ったように眉尻を下げて笑う。なんてことはないといったように精いっぱいの虚勢を張って、努めて明るい声で言葉を出した。

「恋人、捨てちゃいました！」

「ええっ⁉」

ジュスティーヌは驚きに声を上げ、手にしていた魔道具を置いてアメリのもとに駆け寄った。心配そうに顔をのぞき込んだジュスティーヌは、アメリの赤く腫れた目元を見て、目を瞠《みは》った。

「泣いたのね……」

アメリはジュスティーヌに心を許し、何でも話していた。初めてできた恋人に浮かれていたころから、二十一歳の誕生日を一緒に祝うのだと楽しみにしていたころまで。

エドガールを心から愛していることを隠しもしなかったし、いつか結婚するのかもとうれしそうに語ったこともあった。

「アメリ……」

ジュスティーヌはかなしげに眉尻を下げる。エドガールがこの店にやってくることもあったため、ジュスティーヌは彼と顔見知りだ。

「浮気していたんですよ、あの人。だから、ぽいってしちゃいました」

「……そんな男、ぽいっとして当然だわ！　私のかわいい弟子を……！」

ジュスティーヌはエドガールに激怒しながらアメリを抱きしめる。

アメリは王都に出てきてすぐにジュスティーヌに弟子入りし、五年間、公私共に世話になっていた。母親のように慕うジュスティーヌが自分のために怒ってくれたことが、少しうれしかった。

「アメリ、あんな男よりいい男はたくさんいるからね！」

「……私、男の人はもういいかな」

「そんなこと言わないで。アメリはまだ若いんだから……」

「うーん……」

アメリは曖昧《あいまい》に笑う。裏切りによって別れたばかりのアメリには次の恋愛はまだ考えられないし、再び恋をする自分の姿など想像できなかった。

（……ほかのだれかを好きになっても……また、あんなことがあったら……）

心から愛していたからこそ、エドガールの裏切りはアメリの心に大きな傷を残した。エドガールの裏切りにも気づけなかったように、またなにも気づけないうちに裏切られるのではないか。アメリの心にはそんな不安が巣くい、あんな思いをするくらいなら……と怖気づいていた。

「……私、仕事に生きるのもいいなって思うんです」

魔法使いほどではないが、魔道具師も数が少ないため重宝されている。王都内の魔道具店は数えるほどしかなく、ジュスティーヌが営むこの店も、魔道具師は彼女とアメリだけしかいない。

魔道具は王都では普及しているため、魔道具師が職に困ることはないだろうし、たとえ女一人でも生きていけるだろう。

「仕事に生きるというのも一つの道ね。私も仕事が恋人、生きがいだもの。アメリが望むのなら、それもいいとは思うけれど……そう判断するには、まだ早いのではないかしら？」

ジュスティーヌは困ったように片手で頬を覆った。アメリは戸惑ったようにジュスティーヌを見る。

「いま、とてもつらくてそう思うのかもしれないけれど……たった一人の男のせいで可能性を閉ざしちゃうなんて、もったいないと思うの」

「ううん……それは……そう、ですけれど」

「あなたの魔道具に対する情熱や愛は知っているわ。それを認めたからこそ、弟子にしたんだもの。その想いを疑いはしないけれど……、やけになってそれだけに生きるといった生き方は選んでほしくないの」

尊敬する師であるジュスティーヌの言葉を聞いて、アメリの気持ちが揺らいだ。いまのアメリは恋人に裏切られて失意したばかりで、なにもかも悪いようにしか考えられない。

（……いまは、だめね）

視野が狭くなっている状態でなにかを決断することは危険だ。アメリはうつむいて深呼吸をすると、顔を上げて笑みを浮かべた。

「……先生の言うとおりですね。もうちょっと、冷静になってから考えます」

「もちろん、仕事に生きることもすてきだと思うわ。私は歓迎だからね！」

「……先生、ありがとうございます」

アメリは少しだけ心が楽になり、笑ってうなずいた。これから先のことなどいまは考えず、仕事に集中しようと気持ちを切り替える。

「そういえばアメリ、最近なにか新しい魔道具を作っていたわよね」

「あぁ、それは……」

ジュスティーヌにそう問われ、アメリは一昨日の夜に使った、試作した防音の魔道具のことを思い出した。それに連鎖して、あの夜のあんなことやこんなことまでを思い出してしまい、赤くなった顔を手であおぐ。

(あぁ、もう……また思い出しちゃった！)

あれからふとしたときに、アメリはラウルとの夜のことを思い出していた。思い出している間だけは、エドガールの存在は快楽の記憶に塗りつぶされて消えてなくなる。

「あら、どうしたの？」

「ちょっと、恥ずかしいことを思い出しちゃって……」

不思議そうに首をかしげるジュスティーヌに、アメリは笑ってごまかした。あの夜のことを頭から振り払おうと首を横に振るが、なかなか消えずに顔は熱いままだ。

「えっと、あれは……いいところまでできていたんですけど、失くしちゃって」

「あら、もったいない」

本当は自分の部屋に戻ってから魔道具を宿に置き忘れたことに気づいたが、ラウルとはお互い名も知らず、一夜限りだと逃げるように出ていった手前、戻って鉢合わせしたくなくて、宿には向かわなかった。

翌日は部屋に引きこもっていたので、ようやく今朝確認しに行ったところだが、宿の者にはそんなものは知らないと冷たくあしらわれてしまった。

（捨てられちゃったのか……あの人が持っていっちゃったのか……）

魔道具は魔力を込めなければ使えない。試作の魔道具だったため魔力を込められるのはアメリだけで、一夜で魔力を使い果たしたあの魔道具は、ただの置物の箱にしかならない。

「……もう、作るのはやめようと思います」

「あら、どうして？」

「元々、隣の家の人の騒音がたいへんだとかで、あの人のために作ろうとしていただけですし……」

アメリが防音の魔道具を作ろうとしたのはエドガールのため。作ってみたものの、一つ作るのに手間がかかりすぎ、使用するための魔力も少なくはない。

「たしかに、防音って便利だけれど……普通の生活をしていたら、使うことはあまりないわね」

「もちろん、作れば役に立つとは思います。でも……やっぱり、費用と労力に見合わなくて」

エドガールが主張した騒音の悩みといった事態には有用だし、技術的には可能だが、それに対する労力や費用を考えると、使える魔道具ではない。

「そうね、わかったわ」

「時間とお金に余裕があるときに、改良を考えてみます」

アメリが魔道具師になったのは、魔力が少なくても使える、生活の助けとなる魔道具で多くの人の役に立ちたいと考えたからだ。

エドガールもその中の一人であり、愛した相手だからこそ最優先に考え、彼の望むものを作ってよろこんでもらおうとがんばっていた。

（ううん、忘れなきゃ。……お仕事、がんばろう）

いまのアメリにはエドガールを思い出させるものに関わる気力がなかった。試作した魔道具の話はそこで終わり、アメリは日常の仕事へと戻る。

住民から預かった壊れた魔道具の修理にあたりながら、アメリはエドガールの件は過去のことにしようと頭の中から追いやった。


ジュスティーヌの店は客足が伸びており、それに比例して魔道具の修理や客からの相談も多いため、余計なことを考える時間もなく過ごせた。

そうして忙しく一日を過ごし、日が傾き出して街を赤く染めるころ。

「アメリ、ちょっとコルディエさんのところに魔道具を届けに行ってくるわ」

「わかりました」

「お店のこと、お願いね。すぐに戻ってくるから」

コルディエは店の常連客だ。数日前に魔道具の修理を依頼されていたが、腰を痛めてしまい、店までくることが難しくなったそうだ。閉店間近ですでに客の姿はなく、コルディエの自宅は店からさほど離れていないこともあり、ジュスティーヌは様子見を兼ねて彼のもとへ向かうことにしたのだ。

「よし。いまのうちに、片づけ始めちゃおう」

ジュスティーヌを見送ったアメリは、店内の片づけを始めた。

展示してある魔導具の位置を戻し、ほうきで店内を掃き掃除する。そうしているとすぐに閉店時間を迎えたので、表に出していた看板を店の中へ運んだ。

「これでよし……」

アメリが無事に看板をしまって一息つくと、扉につけてある鈴がからんと音を立てる。アメリは後ろを振り返り、客に断りを入れようと口を開いた。

「あ、お客様。もう店を閉め……」

しかし、目に映った人物に驚いてアメリは言葉を切る。視線の先にはアメリを裏切った元恋人、エドガールの姿があった。

「エド……？」

アメリの脳裏にあの日の光景が思い浮かぶ。

ほかのだれかと抱き合い、口づけを交わす恋人の姿。

アメリの胸に真っ先に湧き上がったのはどうしようもないほどの腹立たしさだ。けれどもすぐにかなしさと苦しさが湧き上がり、怒りをわずかに覆い隠す。

「アメリ……」

彼にすがりついてしまいそうになる衝動を抑え込み、アメリは努めて冷静に対応しようと口を開いた。いま店内にはアメリしかいない。

エドガールは店にやってきた以上、元恋人であっても客であることには変わらない。ジュスティーヌの留守を預かっている身として、責任ある行動をしなければならないと気を取り直した。

「……お客様。もう店を閉めるので、手短にお願いします」

「ちっ、違うんだ、アメリ。俺は客じゃなくて、君と話がしたくてきたんだ！」

「なら、お引き取りください。仕事中ですし……そうでなくても、私はあなたとお話しすることはありませんので」

事務的に、他人行儀に答えるアメリへ、エドガールは一歩近づく。とっさに身構えたアメリだが、抵抗する間もなくあっさりと腕をつかまれてしまった。

「ちょっと、放してっ」

「レイラとは終わった！　アメリ、俺にはもう君しかいないんだ！」

エドガールの言葉を聞いて、アメリの怒りはさらに沸き上がる。もう、ということは優先順位をつけられた上で、最後に残ったということ。

(私は……最後まで二番目……)

唯一でも一番でもなかったことを再び思い知らされ、エドガールへの想いが少しずつ削れていく。

「……とっくに、私もいないわよ！」

あの日、エドガールの頬を打ったときに関係は終わった。アメリに未練がないわけではないが、壊れた関係を修復する気は微塵《みじん》もない。

「放してってば！」

アメリは振りほどこうと力いっぱい腕を振ったが、思った以上にエドガールの力は強く、振りほどけなかった。さらに一歩近づき身を寄せるエドガールにわずかに恐怖を抱き、アメリはびくりと震えて体をこわばらせる。

「なあ、アメリ。頼む、許してくれ。俺たち、やり直そう……あんなに愛し合っていたじゃないか」

「……やめてよ！」

エドガールの謝罪に少しでも心が揺らぐ自分が、アメリは嫌でたまらなかった。これほど嫌な思いをしても、まだ未練がましい自分が本当に嫌だった。

「なあ、アメリ！」

「やめてってば……いやっ！」

エドガールはアメリを無理やり引き寄せて抱きしめ、口づけしようと顔を近づける。それにアメリが顔を背けて必死に抵抗していると、乱雑に扉を閉める大きな音が店内に響いた。

「えっ」

驚いた二人は、その音がした方向に顔を向ける。そこにいたのは、こめかみをひくつかせている店主、ジュスティーヌのわざとらしい笑顔だ。

「……あなた、うちの店でなにをしているのかしら？」

「先生……！」

低く、怒りに満ちたジュスティーヌの声を聞いたエドガールは怖気づき、逃げ腰になる。アメリはエドガールの力が緩んだ隙に腕を振り払い、逃れてジュスティーヌのそばに駆け寄った。

「い、いや、これは……その、俺は客で……」

「先生。あの人、客じゃありません！」

客じゃないと自ら宣言したのはエドガールだ。アメリの言葉を聞いてジュスティーヌはエドガールに鋭い目を向け、エドガールはその刺すような視線に顔を青くする。

「そうね。うちの店員に迷惑をかける人物は、客でもなんでもないわ。お帰りいただきましょう」

「まっ、待ってくれ！　俺はアメリに……」

エドガールは食い下がろうとしたが、ジュスティーヌは聞く耳を持たなかった。魔法で店の扉を開けると、視線でエドガールに出ていくように指示する。

「アメリ、本当だ！　いまはもう、君だけなんだ！」

「……いまは、だと？」

「ひっ」

ジュスティーヌは怒りの声をもらし、目尻をつり上げながらゆっくりとした足取りでエドガールのもとに向かった。

エドガールは短い悲鳴を上げ、ジュスティーヌに威圧されて身動きできずに身を縮こませる。

「うちの店から、さっさと！　出ていきなさい！」

ジュスティーヌは固まったまま動けないエドガールの襟首をつかむと、そのまま引きずって店の外に放り出した。

店から締め出され無様に地を転がるエドガールの姿に、道行く人はなにごとかと目を向ける。人々の注目を集める中でジュスティーヌは忌々《いまいま》しげな声を吐き出し、冷たい目でエドガールを見下ろした。

「女をもてあそぶクズな男は、うちの店ではお断りなの。出入り禁止よ、もう二度とこないでちょうだい！」

「お、俺は……っ」

「あなた……次うちにきたら、王都警備隊に引き渡すからね！」

エドガールはなおもすがろうとしたが、王都警備隊という言葉に顔色が悪くなる。

アメリはジュスティーヌの後ろ、扉の内側からその様子を眺めていた。エドガールが助けを求めるかのようにアメリに目を向けるが、彼女はその視線から逃れるようにジュスティーヌの後ろに隠れる。

(……どうして、私……あんな人を好きになったのかな)

アメリはエドガールの情けない姿に幻滅していた。あれほど格好よく大人に見えていたエドガールが、いまでは駄々をこねる子どものようにしか見えない。

「アメリ……アメリっ、お願いだ！　君にまで捨てられたら、殺されてしまう……！」

すがりつくエドガールの声に背を向け、アメリは店の中へ戻る。立ち上がり追いかけようとしたエドガールをジュスティーヌがひとにらみすると、彼はおびえて足をすくませた。

「さっさと、消えなさい」

魔道具師であり魔法使いでもあるジュスティーヌに、並みの男が敵うはずもない。

ジュスティーヌが店の扉を閉めると、汚れた服で立ち尽くすエドガールだけが取り残される。

人々は興味津々といったようにエドガールを眺めていたが、やがては飽きて去っていった。

「……アメリ」

「……先生、ごめんなさい……迷惑を、かけて」

ジュスティーヌは店の中でうつむいているアメリに心配そうに声をかけるが、アメリは顔を上げることなく震えた声で謝罪するだけだ。

「気にしないで。あの男が悪いの……アメリは、なにも悪くないわ」

そう言ってジュスティーヌがやさしく抱きしめると、アメリはいよいよ泣き出してしまった。アメリは必死に堪えようとするものの、うまくいかずに涙は流れ続ける。

「っ、先生……ご、め……」

「いいのよ、気にしないで」

「でも、私……」

「ここでは、店主の言葉は絶対なのよ？」

「うう……っ」

アメリはエドガールの言葉と姿に幻滅した。恋心も、愛する心も少しずつ薄れ始めていた。けれどもこの三年間の交際の中でしあわせを感じていた記憶が、まだ彼への思いをつなぎ止めている。

（どうして、私……こんなことになっても……っ）

裏切られて傷つけられ、こんな騒ぎで迷惑をかけられ、もう嫌だと思いながらも、どこかで彼へと想いが向かう。それが悔しくて、けれどもどうしようもなくて、つらくてたまらなかった。

「……大丈夫よ、アメリ。いまはつらくて、かなしくて、苦しくても……いつかは、過去になるわ」

「……っ、過去に……」

アメリは嗚咽《おえつ》しながら顔を上げ、ジュスティーヌを見つめる。やさしげに笑ったジュスティーヌは慰めるようにアメリの頭をなでた。

「私……早く、あんな人忘れてしまいたいです……」

「そうねぇ……ほかになにか、夢中になれることがあればいいんじゃない？」

「夢中に……」

アメリはその言葉を復唱し、なにもかもを忘れて夢中になれることはあるかと考える。しばらく悩んでいたが、ふとあることを思いついた。

（だから！　どうして思い出すのよ！）

たしかに、夢中になれて、なにも考えずにいられた夜のこと。

けれどそれは違う、とアメリは首を大きく横に振った。

「あら、どうしたの？」

「なっ、……なんでも、ないです！　もう、大丈夫です！」

アメリの涙は引っ込んだが、代わりに顔が真っ赤に染まっている。すっかりエドガールのことを頭の中から追い出したアメリは、笑ってジュスティーヌから離れた。

「お店、片づけてくれてありがとうね」

「いえ……」

店じまいを終え、あとは帰るだけとなったアメリだが、まだ外にエドガールがいるのではないかと不安で動けずにいた。

そんなアメリに、ジュスティーヌはやさしく声をかけた。

「アメリ、今日は泊まっていかない？」

「えっ⁉」

店からつまみ出して出入り禁止だと通告したとはいえ、エドガールがこのまま大人しく引き下がるとは思えない。その心配をしていたのは、アメリだけでなく、ジュスティーヌもだったようだ。

「そんな、先生の迷惑になっちゃう」

「迷惑だと思うのなら、最初からこんなこと提案しないわ」

それに、とジュスティーヌは続ける。

「あなたの身になにかあったら、悔やんでも悔やみきれないもの」

「……では、お言葉に甘えて……先生、ありがとうございます」

申し訳なさを感じながらも、エドガールと対峙することが怖いアメリは、ジュスティーヌの提案がありがたかった。追いつめられ、やけになった人間がどのような行動に出るのかわかったものではない。

（……あんなこと、する人じゃなかったのに。怖い……）

アメリはエドガールにつかまれた腕を抱えて体を震わせる。

交際している間は紳士的であったのに、腕をつかまれ、強引に引き寄せられたときはあまりにも乱暴で、恐怖しか感じなかった。

「……アメリ」

ジュスティーヌはアメリの頭をなで、そっと抱きしめる。驚くアメリに向けて安心させるようにほほ笑むと、やさしい声で言葉を続けた。

「明日、王都警備隊に相談しに行きましょう」

王都警備隊に相談しても、四六時中つきっきりで守ってもらえるというわけではない。だが、事前に相談しておけばなにかあったときに頼ることはできるはずだ。

これですべて安心できるわけではないが、少しは心の拠り所になるだろう。

「……はい。そうします」

「私も一緒に行くから、安心してね」

「でも、お店が……」

「店ならなんとでもなるわ。アメリのほうが大事よ」

アメリはあやすように頭をなでられ、無意識に緊張してこわばらせていた体の力をわずかに抜く。

アメリにとってはジュスティーヌは尊敬する先生であり、実力の確かな魔法使いであり、どこか母親のようであり、彼女の言葉はなによりも信頼できるものだ。

「……ありがとうございます、先生」

「じゃあ、私は少し片づけることがあるから……あとでお茶にしましょう」

「はい。じゃあその間、新しい魔道具の設計を見直しておきます！」

「……アメリは魔道具が本当に好きねえ」

「ふふ、大好きですから」

魔法使いに憧れ、自分の魔力の限界を感じ、魔法使いになれなかったアメリにとっては、魔法使いでなくても魔法が使える、そんな夢あふれる魔道具は特別なものだった。仕事一筋で生きるのも悪くないと思えるくらい、その魅力に惹かれている。

「じゃあ、待っていてね」

「はい！」

アメリは奥の部屋に入っていったジュスティーヌを見送ると、作業台ではなく店の扉のそばに向かう。アメリが扉のガラス窓にかけてあるカーテンを少し上げて窓の外をのぞき見ると、外にはまだエドガールの姿があった。

（……エド……まだいるんだ……）

いまはジュスティーヌにおびえて手も足も出ないエドガールだが、アメリが店を離れて一人になれば接触してくることは容易に想像できる。今日はジュスティーヌの善意で泊めてもらうことになったが、明日以降はどうするべきかとアメリの胸に不安が広がった。

「……本当、どうしよう……」

アメリは両手で顔を覆ってうずくまり、悩ましげにため息をついた。ジュスティーヌの言うとおり、王都警備隊に相談しておけばしばらくは抑止力になるだろうが、エドガールが諦めなければ同じことの繰り返しだ。

「……なによ。どうせ、私のことなんて……」

唯一でなければ一番でもない、そんな自分のことなどさっさと諦めればいいのに。

そう思いながらも、アメリの胸には、本当に簡単に諦められてしまう程度の関係だったのか、と相反する思いが渦巻《うずま》いていた。

「……ばかみたい」

アメリは立ち上がり、暗く沈んだ気持ちで作業台へと向かう。台の上に転がっている魔道具の部品を眺めながら、紛失してしまった魔道具のことを思い浮かべた。

（……あれ、結構お金かかったのにな……）

自分の不注意とはいえ、元恋人に贈るために結構な金額をつぎ込んだ試作を紛失してしまったため懐が痛む。アメリは憂鬱《ゆううつ》にため息をつくと、部品の一つを手に取った。

（……私って、いいように利用されていたのかな……）

今回試作した防音の魔道具もそうだが、アメリはいままでエドガールにさまざまな魔道具を贈った。それこそエドガールのこんな物が欲しいといった願いはほとんど叶えていた。

魔道具の部品や触媒の購入はアメリでも多少融通がきいたものの、けっして安いものではない。

それを恋人がよろこんでくれるのならと、恋に盲目だったアメリはすべて自腹でそろえて魔道具を作り、贈った。

中には有用で製品化したものもあったものの、ほとんどをただ貢《みつ》いでいたと言っても過言ではない。

(……エドがよろこんでくれた……それだけでよかったのに)

アメリがエドガールの望むものを作り出せば、彼はおおいによろこんだ。よろこんでほしくてアメリはますます魔道具の製作にはげんだ。悔しくも、アメリはエドガールへの想いで魔道具師として成長できたことは否めない。

(……もう、いや！　考えちゃ駄目！)

アメリは首を横に大きく振ってエドガールのことを頭の中から追い出した。台の上に転がっている部品を集めて片づけると、ペンを取り出しノートを広げる。

(……早く、忘れなきゃ)

アメリは防音の魔道具の設計を確認しながらペンを走らせる。元はエドガールのためにと考えていたものだが、費用面等の問題を解決できればいつか活用できる日がくるかもしれない。そんな期待を込め、詳細を書き込んでいく。

「えっと、試用時の性能評価は……」

アメリは性能評価を書こうとして、実際に使ったあの夜のことを思い出して顔が急激に熱くなる。

そして短く『有用』とだけ書くと、ノートを閉じてペンを置き、両手で顔を覆った。

（有用、とても有用よ……あれだけ声を出しておいて、文句を言われなかったんだもの……！）

いま、アメリの頭の中を占めるのは、あの長く熱い夜のこと。熱く、長く、大きい楔が何度も中を蹂躙《じゅうりん》し、そのたびにあられもない声を上げて乱れた夜。

（……あの人も……とても、すごくて……）

魔道具が防いだのはアメリの嬌声だけではない。行為の激しさに肌がぶつかる音も、淫らに絡む水音も、ベッドが軋《きし》む音も、ラウルが快楽にもらした声もすべてだ。

（……男の人も、あんな……気持ちよさそうな声、出すんだ……きゃああっ、もう、私のばかっ、破廉恥、変態っ！）

あの夜、ラウルの喘ぐ声はアメリを興奮させた。たくましい肉体と最上級の顔の造形を快楽でゆがませていたラウルの姿を思い出し、アメリは体の奥がうずくのを感じる。そんな自分の思考と体を恥じて、両手で顔を覆ったまま台の上に突っ伏した。

（……あの人、王都警備隊の人なのよね。でも、この辺りの担当の人じゃないはず……見たことないもの）

王都警備隊の隊員は多くいるし、王都も広い。

王都は東西南北の四つのエリアに分かれ、このジュスティーヌの店は北区、ここからそう遠くない位置にあるアメリが借りている部屋も北区にあった。ラウルの相貌はそう簡単に忘れられるものではないが、アメリがいままで北区で見かけた王都警備隊の中に、あの顔はなかった。

（……いいえ。会うこともないんだから、終わりよ。忘れなきゃ！）

あの日、アメリがラウルと出会ったのは、彼女がめったに足を運ばない南区にある酒場だ。今後も特別な予定がない限り足を運ぶつもりはないし、その特別な予定の際にたまたま鉢合わす確率も低いはずだ。

（忘れ……）

思わず見惚れてしまうほど美しく整った顔がほうけ、無駄な肉など一切ないしっかりと鍛えられた体が熱を帯びて汗ばみ、荒い息遣いの合間に声がもれる。

そして、いままで感じたことのなかった奥深くまで届く熱が、アメリをたまらない快楽へと導いていく。

「……ああっ、もう！　だって、あんな……、忘れられるわけないじゃないっ！」

忘れるように自分に言い聞かせても、アメリの頭の中からあの夜の艶事《つやごと》は消えなかった。むしろ忘れようとすればするほど鮮明に思い出される。いまのアメリの頭の中はエドガールの存在も、不安な思いもなにもかもが塗りつぶされて消えていた。

「……あら、アメリ？　なに、変なことをしているの？」

アメリは、ジュスティーヌに見つかるまで、身悶え台の上に突っ伏したままだった。

◆

日が落ちて空が黒く染まり、星がかがやき始めたころ。

南区のとある酒場で落ち込んでいる男がいた。男は酒がなみなみと注がれたジョッキを眺めながら、深い深いため息を一つついた。

「はあぁぁ……」

「今日は酔っ払っていないようだが、吐く息がおもいねぇ」

「……いつだって、酔っていなかった！」

「酔っ払いはみんなそう言うんだよ」

不服そうに唇をとがらせ、ジョッキを呷《あお》る男はラウルだ。

もしかしたら会えるのではと期待を抱き、ラウルはアメリと出会った酒場にこの一週間通い続けた。残念ながらその期待は外れ続け、ラウルはふてくされている。

ひとときの夢だったと言って一夜限りの関係で終わらせ、逃げるように去ったアメリが、ラウルと鉢合わせるかもしれないこの酒場にやってくる可能性は低いのだが、彼はそこまで考えが回らなかった。

「会いたい……会いたい、会いたい……あの人に会いたい……っ……うぅ……」

「……いやあ、今日も酔っているね」

「酔っていないっ」

「はいはい」

据わった目で会いたいとうわごとのように繰り返すラウルに店主は笑う。ラウルはジョッキの中身を一気に呑み干し、もう一杯酒を注文してちびちびと呑み始めた。

（……あぁ、会いたい……）

あの情熱的な夜を過ごしてから、ラウルはアメリのことがずっと忘れられなかった。

名も知らぬ彼女の顔を思い浮かべるだけで頬は赤くなり、その言葉を思い出すだけで恐怖とは違う胸の高鳴りを覚える。そして彼女の熱とやわらかさを思い出せば、いままでの三年間がうそのように股間が熱くなるのだ。

（………はっ⁉　だ、だめだ……）

うっかり極上のときを思い出してむくむくとふくらんだ欲望に息子が反応しかけ、ラウルは慌ててジョッキを呷《あお》ってごまかす。半分ほど呑んだところで落ち着きを取りもどし、ジョッキを片手にため息をついた。

（……あの人以外、無理なんだよなあ……）

相変わらず、ラウルは女性と目が合えば動悸が起こり、話そうものなら意識が遠くなっていく。王都の紳士御用達《ごようたし》の猥本《わいほん》にもまったく反応しない。

ラウルは心的外傷を乗り越えたわけではなく、ただアメリにだけは心を許せるのだろう。

「……会いたい……はあ……」

アメリに会いたい、その想いがラウルの胸の中でふくらんでいく。

しかしラウルには、アメリがどこにいるのか、なにをしているのかわからず、それどころか彼女の名前すら知らなかった。

（どうしたら会えるんだ……）

今日何度目か数え切れないほどのため息をついて、ラウルは自分の懐を擦る。手がかりはラウルの記憶に残るアメリの姿と、彼があの日から肌身離さず持ち歩いている謎の魔道具のみ。

アメリと出会った酒場で奇跡的に再会することしか思いつかなかったラウルはこの一週間、なんの成果もなく過ごしていた。

「おっ、ラウルじゃん」

そんなラウルの背に親しげな男の声がかかる。聞き覚えのある声に振り返る。

「フランソワ……？」

短く切られた赤毛とそばかすのある素朴な男、フランソワがにっと笑って立っていた。

彼はラウルと同期の王都警備隊員だ。二人は三年前まで同じ部隊に所属しており、五年前の惨劇を生き延びた仲間でもある。仲のよかった二人だが、三年前のラウルの転属をきっかけに疎遠となっていた。

「……だいぶ呑んでいるようだな。まだ立ち直れていないのか？」

顔を真っ赤にしているラウルとその手に握られているジョッキを交互に見たフランソワは、肩をすくめて笑った。ラウルは気まずくなり、目をそらして曖昧《あいまい》に笑うだけである。

二人が疎遠になったのは、ラウルがフランソワを避けていたのも理由の一つであった。

「私もいるのよ？　ラウル」

「ひっ」

フランソワの隣から女性が身を乗り出す。その姿を目に映したラウルは短く悲鳴を上げた。ばくばくと高鳴る胸を押さえながら顔色を白くするラウルに、その女性は笑う。

「まだ女を怖がっているの？　情けないわね」

「そっ……そう、だ……な……」

「そう言うなよ、レティシア」

レティシアも所属は違うが、二人と近い時期に王都警備隊員となった。ラウルとフランソワは南区を担当し、レティシアは北区を担当していたため交流は少なかったものの、フランソワとレティシアはいつの間にか交流を繰り返して、いまでは恋人同士だ。

「なあ、ラウル。せっかく久しぶりに会えたんだ、一緒に呑もうぜ」

「あっ、……ああ……」

無理やり笑みを浮かべたラウルは、ジョッキを片手に二人の後ろに続く。ラウルはその後ろ姿、特にレティシアを目に映すだけで動悸がしていたが、これ以上笑われたくないと自分をごまかした。

カウンターからテーブル席に移り、ラウルは隣同士に座った二人のうちフランソワの向かいに座る。顔を上げればレティシアの姿も目に映るため、ラウルはなかなか視線を上げられず、手に持ったジョッキを見つめていた。

「最近の調子はどうだ？　あのきついところの所属だろ？」

「まあ、私はぼちぼちかな……」

英雄と讃えられるだけあって、ラウルは魔物討伐においていい活躍を見せている。しかし、その性格から戦いに向いていないラウルは自分の功績を誇りに思えず、曖昧《あいまい》に答えることしかできなかった。

「えっと……二人はどうなんだ？」

「うーん、俺は特に変わんねぇな」

「私のほうは最悪よ！　元恋人からの粘着行為の相談を受けたんだけれど……この男が本当に最悪！　なにか理由をつけて牢屋にぶち込んでやりたいわ！」

レティシアは相当不満が溜まっているようで、男への不満を言い続ける。ラウルは彼女の責め立てる声に恐怖を覚え、顔を青くしてうつむいた。

(うぅ……息が……っ)

さらには息苦しくなって胸に手を当てる。

いまは酒が入っているおかげで多少気が楽になっているはずだが、彼女への苦手意識からかうまく接することができずにいた。

「……ちょっと、聞いているの？　ラウル」

「えっ!?　……あっ、あぁ……ごめんっ」

久しぶりの再会だというのに目を合わせない、手にしたジョッキも進まず青い顔で視線を落としたまま、口数も少なくただ相槌を打つだけのラウルを前に、レティシアは不快感を覚えたようだ。ラウルはレティシアの責めるような声に萎縮してしまい、さらに言葉をつまらせる。

「……ラウル、大丈夫か？」

「……っ、ごめん、フランソワ……」

「いや、なんか……悪いな。三年経ってたから、そこまでだと思ってなくて……軽く声をかけちまってさ……」

フランソワは少しばつが悪そうに頭をかく。その姿を見て、ラウルは以前の所属でのことを思い出した。

事件から間もないころ、フランソワと共に街を巡回していたラウルは女性の市民から声をかけられ、失神してしまったことがあった。機転を利かせたフランソワによってその場はなんとかなったが、その後同僚らに情けないと笑われてしまったことは苦い記憶だ。

「……っ、いや……だいじょう……」

ラウルは泣きそうな気持ちを必死に堪えて無理やり笑みを浮かべたものの、うまく言葉を出せずに再びうつむいた。

(こんなんじゃ、だめだ……)

三年前の出来事を未だに引きずり続け、自分だけがつらく苦しい思いをするだけならまだしも、他者に気を遣わせた上に不快感を与えてしまっている。

そのようにますます自責し沈み込んでいくラウルを一瞥《いちべつ》すると、レティシアはあきれたようにため息をついた。

「もう、そんなに引きずること？　男なんだから、まだましじゃない」

「おい、レティシア……」

フランソワがレティシアを窘《たしな》めるように呼ぶ。

だがときすでに遅く、ラウルはその言葉に大きな衝撃を受けてしまっていた。

情けない、男らしくない、そんな言葉を投げかけられても笑ってやり過ごしていたラウルだが、

（……まし、だって？）

その言葉を聞いて初めて怒りを覚えた。

あのときの感情は、それによって受けた心の傷は、ほかのだれでもないラウルのものだ。だれかに比較されて軽んじられるものではない。

ラウルは深く息を吐き、手にしていたジョッキを手放す。どろどろとした黒い感情が胸の中を渦《うず》巻《ま》き、ともすれば口から吐き出してしまいそうだった。

「……ごめん、もう行くよ」

ラウルは懐から金を取り出すと、乱雑にテーブルの上に放り投げる。そのまま席を立つと、それ以上はなにも言わず二人に背を向けた。

「えっ、ラウル？　ちょっと……」

レティシアが呼び止めようとしたが、ラウルは振り返ることなく足早に店を出ていく。フランソワは呆気に取られるレティシアを置いて、慌ててラウルを追いかけた。

「ちょっ、……待ってくれっ！」

少し肌寒い空の下、ラウルはフランソワの声に足を止める。しかしさまざまな感情で冷静になれず、振り返りはしなかった。

「……ラウル」

フランソワは追いかけてきたが、何も言えずに口ごもる。気の弱いラウルは怒りをあらわにすることなどなかったし、だれかと言い争うなんてこともなかった。

「その……」

だが、いまのラウルの背からは怒りがひしひしと発せられている。フランソワはその怒りに気圧《けお》されるように、戸惑った様子で立ち尽くしていた。

「……フランソワ。私は……二人のこと、嫌いになりたくないんだ」

「ラウル……」

「だからいまはもう、放っておいてくれないか」

ラウルは自分の中に渦巻《うずま》く感情をうまく消化できず、怒りを押し堪え、そう言うだけで精いっぱいだった。フランソワは黙り込んだまま背を向けるラウルに躊躇《ちゅうちょ》したものの、小さくうなずく。

「……わかった」

フランソワはそれ以上何も言わず、その場を去る。ラウルは彼の気配がなくなったことを確認すると、心を鎮めるために深く息を吐いた。

(まし、だなんて……)

ラウルは気が弱く、人に流されやすい性格だ。故《ゆえ》にいままで仲間内で情けないと笑われても、おびえ引きずっている自分がおかしいのだと思い込んで無理やり笑っていた。

(……私は、怖かった。いまでもまだ……怖い)

しかしその感情を情けなくないと、おかしいことではないと認めた人がいた。ラウルはようやく自分のことを情けなくないと、おかしくないと認めて許せるようになった。

（……そうだ。この気持ちは……人に笑われるようなものじゃない。おかしくなんかないんだ）

ラウルは自分に言い聞かせるように「おかしくはない」と心の中で繰り返す。ともすれば自分を否定してしまいそうになるが、アメリの言葉を何度も思い出して踏みとどまった。

（だいたい、私が自分でましだって言うならまだしも、なんで人にましだなんて言われなきゃいけないんだっ！）

自分の気持ちを否定しなくなったラウルは、レティシアの言葉を思い出して再び怒りを湧き上がらせた。酒が入っていることもあってか、ラウルは周りを気にすることなくその場で地団駄を踏む。

時間が時間なだけに人通りは少ないものの、人がまったくいないというわけではなく、ラウルは通行人に奇異な目で見られていた。

（……いや、でも……急に席を立ったのはよくなかったな……久しぶりに会ったのに）

多少怒りを発散したことで、ラウルは少し冷静になって自分の行動を思い返す。

（レティシアは絶対、怒っているよな……フランソワも怒ったかな……）

気の強いレティシアは怒っているだろうし、フランソワは表情こそ見えなかったものの、声は低かった。

さきほどの威勢はどこへやら、ラウルは落ち込んで深いため息をつき、うつむきとぼとぼと歩き出す。一人で浮き沈み激しく奇異な動きを見せる彼の様子は、周りからは不審者にしか見えなかった。

（……あの人は……）

落ち込んだラウルは自分を慰めるため、懐から宝物を取り出す。それはあの日、アメリが宿に置き忘れた小さな箱型の魔道具だ。もう動かないただの箱でしかなくなったそれを、ラウルは愛おしそうに見つめる。

『大丈夫』

アメリの声を、その言葉を思い出せば身も心も元気になる。ラウルは手にしたそれをじっと眺めながら、へらりと締まりのない笑みを浮かべた。

「……うん、大丈夫だっ」

アメリの存在はラウルの心の拠り所になっていた。

一度しか会ったことがなくても、名前すら知らなくても、アメリの言葉とやさしさはラウルの意識を変え、心を変化させた。自責し、卑屈になっていたラウルは自分を認め、自分の心を大切にできるようになっている。

「……絶対、会うんだ」

アメリへの想いがふくらんだラウルの中で、会いたいという願望が、会うという強い意志へと変化する。手段や方法まで考えは至っていなかったが、かならず彼女を探し出して会うのだと強く決意した。

「……へ、へへ……」

再会をよろこび、抱き合い、口づけ、そしてめくるめく官能な夜を共にする、そんな希望に満ちあふれた未来を思い描き、ラウルはにやにやと笑っていた。ラウルの脳内ではアメリがさも彼に会いたかったような反応で描かれているが、恋に落ちた男の妄想だと思えばかわいいものだろう。

だが、その結果——

「おい、そこの！」

「……へ？」

ラウルが声をかけられて後ろを振り返ると、そこには二人の王都警備隊員の姿があった。同じ王都警備隊といっても所属が違えば顔を合わせる機会はほとんどない。実際、ラウルは二人のことを知らなかった。

「えっ、なに……」

もちろん二人もラウルのことなど知らず、二人の目は同じ隊員に対して向けるような、友好的なものではない。ラウルの頭が状況を理解できずにいると、隊員は彼の魔道具を持つ腕をつかんだ。

「あんた、それでなにをするつもりだったんだ？　しっかり話を聞かせてもらおうか！」

「え……ええ⁉」

夜中に帽子を深くかぶって顔を隠し、明らかに度の入っていない眼鏡をかけ、建物の前で手に持っている小さな箱をにやにやと見つめていた男。どこからどう見ても不審者にしか見えず、ラウルは王都警備隊員に声をかけられ連行されることになった。

◆

ラウルは比較的あっさりと解放されることになった。

ラウルが王都警備隊に所属していることもあったが、なによりあの英雄、ラウル・ルノーだとすぐに判明したことが大きかった。

英雄と呼ばれるようになってからろくな目にあっておらず、その肩書を疎ましく思うこともあったラウルだが、今回ばかりはその肩書におおいに感謝した。

とはいえ、夜中に王都警備隊に連行されてしまった事実は変わらない。

「おーい、夜中に不審者として連行されたルノー隊員！」

「う、ぐぅ……っ」

ラウルはしばらくその話で苦い思いをすることになった。

呼ばれたラウルは苦々しい表情で、唇をとがらせながら声の主へ足を向ける。声の主は、歳は三十を超えたあたりだろうか、短く切られた濃いめの茶髪と新緑色の切れ長の目をした男だ。

「……なんですか、カルノー隊長……」

男は、王都周辺の治安維持部隊の部隊長、アドリアン・カルノーだ。

魔物討伐の準備をしていたラウルは部隊長に呼び出され、しぶしぶながらそちらへ向かう。不満をにじませたラウルの声を聞いたアドリアンはにやりと笑った。

「おいおい。私は夜中に、おまえのために、呼び出されたんだぞ？」

「……それは、感謝しています！」

あの日連行されたラウルは身元を証明できる人物が必要だった。しかし身寄りのない彼は上官であるアドリアンを呼んだ。アドリアンのおかげでラウルはすぐに解放され、アメリの魔道具も正体不明の魔道具として取り上げられずに済んだ。

ちなみに魔道具が取り上げられそうになった際、ラウルが「彼女が残した唯一のものなんだ」と必死の形相で叫んだため、大切な人の遺品のような扱いになっている。

「ルノー、調子はどうだ？」

「問題ありません」

「結構。では、もうすぐエティエンヌ殿が合流するから、心構えをしておけよ」

「……は、はい……」

大人しくなったラウルはうなずき、黙り込んで元いた場所に戻った。

今回の討伐には魔法使いが編制に組み込まれている。その魔法使いが女性であることから、アドリアンは気遣ったのだろう。

（エティエンヌさんか……）

すでに何度か共闘したことがあったものの、ラウルは彼女に慣れていなかった。

魔法使いは後方からの支援が多く、彼女とは面と向かって接したことがほとんどない。おかげで共闘時に影響は出ていないものの、まともに会話ができたこともなかった。

（……このままじゃ、だめだなあ……）

ラウルが深くため息をつくと、近くにいた同僚らが心配そうに彼へ声をかけた。

「ルノー、ため息深いなあ。エティエンヌさんのことか？」

「……いや、まあ……」

「あんな美人でやさしい人も怖いなんて、かわいそうだな……」

二人の同僚が発する哀れむような声に、ラウルは曖昧《あいまい》に笑う。目が合えば動悸がするラウルには美醜を確認する心の余裕がなく、彼女については顔もおぼろげにしか記憶していなかった。

「そういえば、知っているか？　エティエンヌさん、婚約破棄したって」

「えっ、なにそれ⁉　最近婚約して、もうすぐ結婚するってうれしそうにしてたじゃん！」

「なんでも、婚約者が浮気してたらしい。それも、三年も」

「うわぁ……かわいそう……」

二人の同僚がうわさ話に花を咲かせるのを、ラウルはぼんやりと眺めていた。

恋人に浮気をされていたと泣いていたアメリのことを思い出すと、二人の会話に気が乗らない。

ラウルは少しうつむくと、小さな声で二人を止めた。

「えっと……エティエンヌさんはつらいだろうし……あんまり、この話は広めないほうがいいんじゃないか……？」

ラウル自身も、三年前の出来事を他人に面白おかしく話題にされ、精神的につらかった時期があった。ラウルの言葉を聞いた二人は口をつぐみ、気まずそうに目をそらしてうなずいた。

「そうだな……ちょっと無神経だったな、俺ら……」

「うん……ただ、えっと、つまりな……俺はその、俺にもエティエンヌさんとお近づきになれるチャンスがこないかなあ、なんて思ってさ……」

「残念ね。そのチャンスはなさそうよ？」

気まずくなった雰囲気をごまかそうと同僚の一人が口にした言葉のあとに、三人の後ろから女性の声が聞こえた。その声にびくりと体を震わせたのはラウルだけではない。

「えっ……エティエンヌさん！」

同僚らが顔を真っ赤にして振り返ると、話題になっていた本人、レイラ・エティエンヌが立っていた。視線を集めたレイラは彼らににこりとほほ笑む。

「こっ、こんにちは、エティエンヌさん！　今日もすてきですね！」

「その、今日もよろしくお願いします……そ、それじゃ、俺、ちょっと準備に……」

「あっ、お、俺も！　では！」

「……あら、行っちゃった」

二人はごまかすように挨拶をすると、理由をつけてその場を逃げるように去った。取り残されたラウルは顔を青くし、レイラに目を向けないままうつむいた。

ほかの二人と違って逃げなかった……というより、ただ逃げられなかっただけだ。

「ねえ、ルノーさん」

「は、はいっ！」

緊張で上ずった声で返事をするラウルにレイラは苦笑いした。

レイラはラウルの横に並んだが、彼の事情を考慮して間を空け、必要以上に近づくことなく、顔を合わせることなく言葉を続ける。

「ありがとう。あなたって、やさしいのね」

「……へっ」

思ってもみなかった言葉をかけられたラウルは驚く。やさしいと言われて少し調子に乗りそうになるが、すぐにさきほどまでの会話を聞かれていたことを思い出して慌てた。

「そっ、その……二人に悪気はなくて……！」

「ああ、怒っているわけじゃないからいいの。ただ、あなたの気遣いの言葉がちょっとうれしかったから……ね」

「……あっ、え……そ、そうか……」

レイラの感謝の言葉を聞いて、ラウルは戸惑いながらもなにか言葉を返そうと顔を上げるが、気の利いた言葉が思い浮かばない。短く答えるだけで精いっぱいで、そのまま再びうつむいた。

(なにか……なにか話さないと……、女の人ってどんな話が好きなんだ……!?)

二人の間に沈黙が流れる。

ラウルはなにかしゃべらなければと必死に考えていたが、必死になればなるほど頭の中は真っ白になっていく。ラウルは女性への恐怖とは違う、焦りからの緊張で冷や汗をかき始めた。

(恋愛の話……？　いやいや、それ、いま一番だめなやつだろ！　えぇ、なんだ……エティエンヌさんは……あっ、魔法使いだ！)

レイラが魔法使いであることを思い出し、ラウルの焦燥感が、期待に変わる。いまのラウルの頭の中はレイラではなく、別の人物のことでいっぱいになっていた。

「……あの、エティエンヌさん！　魔道具に詳しいですか!?」

「え？」

沈黙を破って大きな声を出したラウルを見て、レイラは驚いた様子で目を丸めた。

「……専門ではないけれど……一般の人より多少は詳しいとは思うわ」

レイラはしばらくの間目を見開いてラウルを見ていたが、すぐに答える。その答えにぱっと顔を明るくしたラウルは、彼の宝物である魔道具を取り出し、レイラへ見せた。

「あの！　これの持ち主がわかったりしますか!?」

さきほどまでレイラに顔を向けられなかったラウルだが、いまは目をかがやかせ、しっかりと目を合わせて覇気のある声で問いかける。恐怖よりも持ち主を知りたいという強い感情が勝っているのだろう。

そんなラウルの内情など知らず、レイラは困ったように眉尻を下げた。

「魔道具っていっても、道具と変わらないから……名前でも書いていない限り、持ち主はわからないわ」

「そっ……そうですか……」

魔道具は魔法を使えない人でも魔法を使えるようになる便利な道具、それ以上でもそれ以下でもない。レイラの答えに理解はしても、諦められないラウルは続けて問いかける。

「じゃあ、魔法で持ち主がわかったりとかは……」

「……魔法は万能じゃないの」

「そう……です、よね……はぁ……」

ラウルは深く息を吐いた。

ラウルとアメリとのつながりはこの魔道具しかない。魔法使いならばと一縷《いちる》の望みをかけていたが、その望みも潰《つい》えて失意のあまりがっくりと肩を落とした。

「……ちょっと、貸してみなさい」

そんなラウルの様子を見たレイラは、魔法使いとしての矜持《きょうじ》を刺激されたようだ。片手を差し出し、魔道具を手渡すように手招きする。ラウルは少し躊躇《ちゅうちょ》したが、なにか手がかりが得られればとレイラに魔道具を渡した。

「……初めて見る魔道具ね」

「えっと、どんな性能なのかも知らなくて……」

「ふうん？」

レイラは受け取った魔道具をまじまじと観察し始める。最初こそ訝しげに見ていたレイラだったが、やがて興味深そうな表情に変わり、ぶつぶつと独り言を交えて、至る方向から魔道具をじっと観察していた。

「これは……ううん……振動を……？」

「振動？」

「この魔道具、防音のためのものかしらね」

「……あっ！」

防音と聞いてラウルは思い当たることがあった。

あの忘れられない情熱的な夜、二人は騒がしくしていたが、宿の主人からも隣の部屋の利用者からも文句を言われなかったことを思い出す。

（……あの人、しっかりしているんだな……！）

なにも考えず熱中して騒いでいたラウルはアメリの配慮に感心し、ますます憧れる。しかしラウルが知りたいのは魔道具の効果ではなく、魔道具の持ち主だ。

「……あの、それで……持ち主はわかりそうですか？」

「持ち主は、これを使っていたの？」

「あっ、はい。たぶん……」

「そう。はい、返すわ」

ラウルの問いには答えずに問い返したレイラは、彼の答えでおおよその見当がついたようだ。魔道具を受け取ったラウルは期待に満ちあふれた目でレイラを見つめた。

「さきほども言ったけれど、名前でも書いていない限り持ち主はわからないの」

「え……」

「でも、その持ち主がどんな人物なのかは予想できたわ」

「ど、どんな……!?」

その予想すらできないラウルは身を乗り出し、興奮気味にレイラに問う。レイラはそんなラウルの反応をおかしそうに笑った。

「おそらく、この魔道具の持ち主は魔道具師ね」

「えっ、どうして？」

魔道具は王都では普及しているため珍しくもなく、一般の人々が持っていてもおかしくない。そのため、魔道具を持っていたから魔道具師かもしれないと考えるのは浅はかだ。

ラウルも一度は浅はかに考えたが、あてにならないとすぐにその考えを捨てたくらいだ。

「この魔道具には特殊な保護がかけられているから、おそらく試作品なの」

「試作品？」

だがレイラは浅はかにその考えに至ったのではなく、魔道具から読み取れる情報からその考えに至る推察があったようだ。

レイラが話すには、魔道具師が新しい魔道具を作ろうとする際、たいていは保護をかける。保護は魔道具師自身の魔力以外に反応しなくなるもので、これには誤作動や他者の想定外の使用を防ぐ目的があるのだとか。

「試作品は、自分にしか作動できないようにしているものよ」

ラウルの持つ魔道具には保護がかけられているため、試作品だと判断できた。だが試作品を持っていたから魔道具師、その考えもまだ浅はかだろう。

「だから、持ち主がこれを使ったということは……これを作った魔道具師でもあるはず」

「なるほど……」

試作品を使ったからこそ、魔道具師ではないかと考えられる。そんなレイラの推測にラウルは納得し、同時に希望を見出した。

（あの人は、魔道具師かもしれない……！）

魔道具師は魔法使いに次いで稀少な存在だ。王都に在住する魔道具師はさほど多くはなく、あてなく王都在住のすべての人間の中からたった一人を探すより、王都の魔道具師の中から一人を探すほうが現実的だ。

「ありがとう、エティエンヌさん！」

「どういたしまして。じゃあ、今日の討伐、がんばりましょう」

「ああ！」

なんの手がかりもなく途方に暮れていたラウルは、ようやくアメリにつながる糸口を得た。ラウルの声には覇気があり、目は希望でかがやいている。

レイラはそんなラウルを、片眉を上げて見つめていたが、ラウルはそれに気づくことなく、討伐の準備へと向かったのだった。

◆

あのときの彼女は、魔道具師かもしれない。その情報を得てラウルの行動は大きく変わった。

毎日勤務を終えると隊服のまま王都中の魔道具店を回り、アメリの姿を探すようになった。隊服姿のおかげで、王都警備隊員のラウルに店の者たちは協力的だった。

だが南区の魔道具店をすべて回り、次いで東区、西区の魔道具店をすべて回っても、ラウルはアメリの姿を見つけることはできなかった。

そしていま、ラウルは休日でありながら隊服を身にまとい、最後の区域、北区の魔道具店を回っていた。

「……はぁ……ここにもいなかった……」

魔道具店を出たラウルは、深いため息をつきながら肩を落とす。朝から北区にあるいくつかの魔道具店を訪ねたものの、そのすべては空振りに終わっていた。

(次が最後……)

王都内で認可されている魔道具店は、残り一軒。無認可の店も存在しているが、ラウルはそれを把握していないため、あてはその一軒だけだ。

(最後か……最後……あぁ、確認したい！　……でも、確認したくない……！)

相反する思いを抱えてラウルは頭を抱えた。

運が相当悪くて最後の一軒になってしまったのかもしれないし、認可された店では働いていないかもしれない。そもそも、もしかしたらレイラの推測は外れていて、魔道具師ですらない可能性もある。

(ああ……どうしよう……)

ラウルの気持ちは暗く沈んでいく。最後の一軒で見つからなければふりだしに戻ることになる。

その不安がラウルの足を引っ張り、店に向かう足取りは非常に重かった。

「私は……あの人じゃなきゃ、だめなんだ……」

ラウルは不安に泣きそうになりながら情けない声でつぶやく。寝ても覚めても思い出されるのはアメリの姿、その声、その言葉。そして夜のお供になるのもアメリの艶姿《あですがた》だけだ。

「あぁ……神が存在しているのなら……どうか、私をあの人に会わせてくれ……！」

ラウルは信じてもいない神にすがる言葉を口にする。そんな信仰心の薄い男の言葉を神が聞き入れるとは思えないが。

「……もう、いい加減にしてよ！」

「は、はい……。ああ、ついに幻聴が聞こえてき……」

信じられないことに、ラウルの耳に聞きたくてたまらないアメリの声が聞こえた。ラウルは思わず返事をしたが、それが幻聴だと思い込む。

「ついてこないでっ！」

「………え？」

だが二度目の声にラウルは正気に戻り、それが幻聴ではないことに気づいて慌てて辺りを見回した。

大きな通りを挟んで向かい側、ラウルが向かおうとしていた魔道具店の前に、彼が会いたくてたまらなかったアメリの姿があった。

（あぁっ……あの人だ……！）

アメリの姿を目にしたラウルは歓喜で胸をふくらませ、感動のあまり息を止め、その場に膝から崩れ落ちる。近くの通行人が慌てて声をかけると、意識が一瞬とんでいたラウルは両手をついて上体を起き上がらせた。

（神よ、感謝します！）

ラウルは高鳴る胸を両手で押さえながらゆっくりと顔を上げる。そしてその目にアメリの姿を焼きつけようとしたが、信じられない光景を目にして思わず声を上げてしまった。

「……は？」

ラウルの目に映ったのは、アメリとその腕をつかむ黒髪の男だった。アメリの表情には明らかな嫌悪がにじんでおり、さきほど聞こえていた声も男への拒絶の言葉だ。

（あいつ、なにを……！）

ラウルは止めに入ろうと慌てて立ち上がったが、彼が走り出す前に王都警備隊員が現れ、男を制止する。その隊員に見覚えがあるラウルは驚いて足を止め、その名を小さくつぶやいた。

「……えっ、レティシア？」

数日前、最近は最悪な元恋人による粘着行為の相談を受けたと愚痴をこぼしていたレティシアだ。こんな状況で再びその姿を目にするとは思わず、ラウルは無意識に緊張して体をこわばらせる。

（レティシアがいるってことは……元恋人に粘着されているって……あの人だったのか⁉）

ラウルの中で、アメリがあの夜に涙を流しながら語った話とレティシアの愚痴が結びつき、男がアメリの元恋人であると容易に予想がついた。

「あんた、またきたの⁉　いい加減にしなさいよ！」

レティシアの怒りの声を聞いて、その言葉を投げられてはいないはずのラウルはびくりと体を震わせる。

対して取り押さえられた男、エドガールはその言葉など聞き入れずに必死にアメリへと手を伸ばしていた。

「アメリ、なぁ……俺たちやり直そう……！」

「……エド……」

アメリは嫌悪の表情を浮かべながらも、エドガールのことを見たり、視線を外したりを繰り返す。まるで未練があるかのように。

「アメリさん、こいつは連行しますから！　どうぞ気にせず、中へ！」

「……っ、ありがとうございます」

レティシアの声にはっと意識を戻したアメリは、かなしげな目でエドガールを一瞥《いちべつ》し、そのまま店へ入っていった。エドガールはアメリを追いかけようと必死だったが、レティシアに両腕をつかまれて阻止され、そのまま引きずられていった。

嵐が過ぎ、深く息を吐いたラウルは通りを横切り、アメリが入った魔道具店の前に立つ。ずっと会いたいと願い続けていた彼女が壁の向こう側にいるのだと思うと、言葉にならないほどのよろこびで胸がいっぱいだった。

（……アメリ……あの人の名前……）

ラウルはようやくアメリの名を知った。それがアメリの元恋人の口からであったことは不服だが、一つ彼女の情報を知れたことはうれしい。

魔道具師である可能性の高いアメリが魔道具店に入っていったことから、ここに勤めていると考えていいだろう。

（やっと、見つけた……けれど）

ラウルはその扉を開かなかった。いますぐ扉を開いてアメリのもとに向かいたい気持ちが強かったが、いま彼女のもとを訪れても歓迎されないだろう、というのは容易に想像できた。

元恋人の粘着行為にアメリの心は疲弊しているはずだ。そんな状態で恋人と別れた夜に一夜を共にしてしまったラウルが目の前に現れれば、さらに心労が重なってしまう。

（……いまは、だめだ。あの人の負担になってしまう……）

自分の想いよりも、アメリの心身の健やかさを優先すべきだ。ラウルは会いたいという気持ちを抑えなければならない、と自分に言い聞かせた。

（……あぁ、くっそぉ……あの男がいなければ……！）

さきほどの光景を思い出し、ラウルは苛立たしくなって眉をひそめる。以前に聞いたレティシアの愚痴から、アメリが元恋人に粘着されて迷惑を被り、王都警備隊に相談したと考えられた。

（あの人をあんなにかなしませておいて、よくもおめおめと！）

浮気をされていたと力なく笑ったアメリの姿を思い出し、ラウルは怒りを覚える。裏切りによってかなしませておきながら、なおアメリを苦しめるなど、到底許せない。

「私の邪魔までして……目障りな男めっ！」

それだけでなく、個人的な恨みもあるが。

思わず本音をぽろりとこぼしたラウルは、周りから不審な目で見られていることに気づき、慌てて咳ばらいしてごまかす。

(でも……あの人はまだ、あの男が……好き、なんだろうか)

ラウルの記憶に残っているアメリは、元恋人がまだ好きだと、さみしいと泣いていた。復縁などありえないとも言っていたが、もし万が一にでも断ち切れない想いから復縁してしまったら……とラウルは焦りを覚える。

(……あの人の前に出るのは、あの男を片づけてからだ。そうだ、うん！)

アメリの溜飲《りゅういん》を下げるためにも、復縁の可能性を完全に消すためにも、元恋人エドガールは片づけておかなければならない。

ラウルはそう決意すると、踵《きびす》を返して魔道具店を離れた。その後も迷いが消えず、立ち止まったり振り返ったりとなかなか進めないラウルだったが、なんとか北区の王都警備隊詰所へ足を進める。

そうしてたどり着いた詰所に入り、すぐにレティシアを探した。

「……レティシア！」

「……えっ、ラウル？」

突然の来訪者に驚いたのはレティシアだけではなかったが、彼女がラウルの名を呼んだことで大きな混乱にはならなかった。

良くも悪くも、王都警備隊内ではラウル・ルノーは有名だ。五年前の大事件の英雄であり、実力と顔は最上級だが、失神するほど女性が苦手だと。

「れ、れ……レティ、シア……」

ラウルはレティシアの顔を見るなり顔を白くし、唇を震わせた。端整な顔を持ち、女性を見て顔色を悪くする様子はまさにラウル・ルノーのうわさどおりだ。そのラウルの変化にレティシアは怒った、ということはなく、ばつが悪そうに目をそらす。

（……あれ。怒られると思ったのに……）

視線がそれたことでわずかに心に余裕が持てたラウルはレティシアの意外な反応に内心驚きつつ、おびえる気持ちを必死に抑えて彼女に向かい合った。

その目的はたった一つ、アメリを苦しめ、自分にとって邪魔な存在になっているエドガールの居場所を聞くためだ。

「……さっきの男……エドガールはどこにいるんだ？」

「えっ、さっき？　……もしかして、ラウル、あの場にいたの？」

「うん、まあ……そんなことはどうでもよくて！」

結果だけ見れば、ラウルはアメリを助けることができなかった。その事実を直視したくないラウルは早々に話を進めようとする。

ラウルの問いにレティシアは腕を組んで少し考え込むと、答えではなく問いを返した。

「管轄が違うじゃない。どうしてそんなこと聞くの？」

「……特務権限だ」

ラウルはそう言って、懐からある証明書を出した。それを見るなりレティシアの表情がこわばる。

「特務権限……」

王都警備隊の一部の隊員には特務権限がある。要約すれば、どんなことにも干渉できるが、その分責任もより重くなる諸刃の権限だ。その権限のもとで行ったことが不適当だと判断された場合は、通常よりも重い処罰を受けることになるのだが、それはよほど人道や民意に反することを行ったときくらいだろう。

英雄と呼ばれるほどの活躍をしたラウルには特務権限が与えられている。ラウルが出した証明書は特務権限を持つ証だ。私情が入っているものの、迷惑行為に悩む女性を助けるためにその権限を使うことは、大きな問題になるほどではないだろう。

「……わかったわ」

レティシアは少しの間、眉をひそめていたが、王都警備隊に所属している以上は特務権限による指示に逆らうことはできないし、深入りすることも許されない。肩をすくめると、奥にある地下の拘束部屋に続く扉を指差して答えた。

「あいつ、再三近づくなって言っているのに繰り返すから、いまは反省部屋にぶち込んでいるわよ」

「……は、反省部屋って……」

「なによ、文句あるの？」

「い、いや……そうか、ありがとう……」

レティシアの鋭い視線に体を震わせ、ラウルは逃げるように彼女の横を通り過ぎて扉へと向かう。

ラウルが扉の取っ手に手をかけたところで、レティシアは小さな声で彼を呼び止めた。

「……ちょっと、ラウル」

「えっ？」

ラウルは驚いて振り返ったが、呼び止めた本人は振り返ることなく前を向いたままだ。ラウルは聞き間違いかと首をかしげたが、ややあってレティシアが言葉を続ける。

「……この前のこと、ごめんなさい。無神経だったわ」

レティシアが謝罪するなり、ラウルは驚いて目を見開いた。あのときの態度を非難されるのではと思っていたラウルはまさか謝罪されるとは思わず、どのように反応すべきか迷う。

「いや……う、うん……」

結局、ラウルは曖昧《あいまい》にうなずいて返すしかできず、レティシアもそれ以上はなにも言わなかった。多少の気まずさを感じながらも、ラウルは扉を開いて地下へ歩いていく。

（……あのレティシアが、謝るなんて……）

レティシアはラウルの感情を理解したわけではないだろう。おそらく、考えが変わったわけでもない。ただ初めて怒りをあらわにしたラウルを見て、反省したのかもしれない。

ラウルの感情を軽んじていたのは、彼自身も同じだ。笑われたときには同じように笑っていたし、情けないと言われて同じように自分を情けないと思い込んだ。そんな反応が周りの態度を助長したのかもしれない。

（……最初から、ちゃんと言っておけば……いや、考えたって仕方ない）

笑われても怖かったんだと言えばよかった。周りの反応にかなしむか怒るかしていれば、ここまでひどいことにならなかったかもしれない。

考えたところで過去は変わらず、たられぱと考えることは詮無きことだ。しかし、これからは自分の気持ちを伝えることで変わることがあるかもしれない、そう思えた。

（……よしっ、あの人のためにも、あの男を片づけなくちゃな！　そうしたら、私は……へへへ……）

いまのラウルにとって最優先なのは、自分の心を認められるようになるきっかけを与えてくれたアメリの溜飲《りゅういん》を下げることだ。

心置きなくアメリに会いに行くため、ラウルは憎きエドガールのもとへと向かった。拘束されている者は一人だけのようで、ラウルは監視の隊員と話をつけて拘束部屋に入り、エドガールと対峙することになった。

「なんでこんなことに……このままじゃ……っ」

エドガールは反省部屋、もとい拘束部屋の隅で頭を抱えている。なにかをうわごとのようにつぶやいているが、声が小さくてラウルには聞き取れなかった。

「……エドガールだな？」

ラウルの声にエドガールはびくりと肩を震わせ、ゆっくりと顔を上げる。

この辺りでは珍しい黒髪、切れ長の深緑の目、精悍な顔立ち。そんなエドガールの顔を一目見て、ラウルは不安げに自分の頬に手を当てた。

（……あの人の好みは、こういう顔なのか……？　どうしよう……って、ちがう！）

男らしさを感じるエドガールに対し、ラウルは中性的だ。系統の違いに不安を覚えるラウルだが、いまはそんなことを考えている場合ではないと首を横に振る。

それをどのように受け取ったのか、エドガールは大げさに体を震わせ壁に張りつくほどにあとずさった。

「っ、なんだよ、あんた……」

「見てのとおり、王都警備隊だ。おまえに警告しにきた」

「……警告？」

「彼女につきまとうのはやめろ。迷惑がっている」

ラウルはエドガールを眼光鋭く見据えながら、ゆっくりと告げる。だがエドガールはそれを鼻で笑い、気に留めもしなかった。気の強いレティシアから再三注意を受けても止むことがないことから、ラウルもこの反応は想定内だ。

「……ふん、ちゃんと話せばアメリもわかってくれるさ。俺たちは愛し合っているんだからな！」

ラウルはその言葉に怒りが込み上げ、堪えるように強く手を握りしめる。つかみかかってしまいそうな衝動を抑え、努めて落ち着いた声で言葉を続けた。

「……浮気しておいて」

「っ、そ、それは……レイラは仕事上、仕方がなかったんだ！」

「はぁっ⁉」

薄情な浮気者の口から出てきた人名を聞いたラウルは、怒りのあまり大きな声を上げる。その反応にびくびくと震えるエドガールを見下ろしながら、ラウルの頭は、血管が何本か切れるのではないかというくらいに沸き立っていた。

「お……おまえっ、三年も浮気してたのか⁉」

「な、なんで、そこまで知って……」

レイラという名はこの国では非常に珍しいが、まったくいないわけでもない。だが、レイラという名で男に三年間も浮気をされていた女性はそういないだろう。

（こいつ……エティエンヌさんの婚約者だったのかよ！）

ラウルは大股でエドガールに近づくと、その胸ぐらをつかみ上げた。足が宙に浮き、恐怖のあまり混乱して足をばたつかせるエドガールを、そのまま壁に押しつける。

「……いいか、アメリさんに二度と近づくな。エティエンヌさんにもだ！」

「ぐ……っ、そん……無理っ、レイラに、取引……止められて……っ、アメリにまで、捨てられたら……っ、俺っ、殺される……！」

浮気をされていたと涙を流していたアメリ。

結婚するとしあわせそうに笑っていたはずのレイラ。

二人の女性をかなしませておきながら、自分のことばかりしか考えていないエドガールに、ラウルの怒りはさらに沸き立っていく。

「……おまえ……」

ラウルは殴りかかりたい気持ちを堪え、胸ぐらをつかんでいた手を突然離した。エドガールはその場に倒れ込み、胸を押さえて咳き込む。そんなエドガールを怒りに満ちた目で見下ろしながら、ラウルは一つ深呼吸をした。

(……っ、落ち着け……)

ここで怒りのままに殴りかかっても事態は一向によくならない。その程度で諦めるのなら、エドガールはこの場にいないだろう。

「……私は王都警備隊、ラウル・ルノーだ」

ラウルの言葉にエドガールの顔からは血の気が失せる。不誠実な人間とて、五年前の惨劇もその英雄の名も知っているのだろう。ラウルはエドガールのそばにしゃがみ込むと、目にぎらぎらと殺意をにじませながら低く、小さな声で続ける。

「いいか。……私には、人一人消しても……もみ消せるだけの権限があるんだ」

「そっ、……これは、脅迫だぞ!? こんなこと、許されるはずが……」

「脅迫されたと、言いふらしたいなら言いふらせばいい。けれど……不誠実な浮気者のペテン師と英雄なら……皆はどちらの言葉を信じるんだろうな?」

自覚があるのか、それともラウルの英雄という肩書のせいか、エドガールは黙り込む。

もっとも、ラウルの所属や英雄という肩書などなくても王都警備隊の権威は大きく、脅迫されたと騒がれる程度は簡単に握りつぶされるだろう。

「……私は警告したからな。二度と、アメリさんに近づくな！」

ラウルはそう言い残すと、エドガールに背を向けて部屋を出ていく。そして、深呼吸をしながら地上に向かう階段の半ばほどに差しかかったころ。

（……う、うわぁ……だっ、大丈夫だよな……!?）

急に冷静になり、自分の発言に不安を覚えて胸を両手で押さえながらうずくまった。怒りと勢いで押し進めたが、気の弱いラウルには多少荷が重かったようだ。

（はぁ……これで落ち着けば……いや、まだ……調べないといけないことがあるな……）

ラウルには、さきほどのエドガールとの会話で一つ引っかかっていることがあった。それを調べなければ片づいたとは言えない。立ち上がり、階段を駆け上がる。

「あら、ラウル。話は終わったの？」

「うん、それじゃ！」

ラウルは声をかけてきたレティシアとの会話もそこそこに、足早に詰所を去っていった。

◆

日が沈み始め、街は赤く染まっていく。

その光景を窓越しに眺めながらアメリは憂鬱《ゆううつ》げにため息をついた。隣に立つジュスティーヌは困ったように笑い、アメリの頭をやさしくなでる。

「アメリ。ため息ばかりついていたら、しあわせが逃げちゃうわ」

「あはは……」

しあわせはとっくに逃げてしまったと思いながら、アメリは曖昧《あいまい》に笑って窓から離れた。

公私共に充実していた日々から一転、恋人の浮気を知って別れを告げたものの、元恋人となった男につきまとわれている。精神的苦痛にため息をつき続けて、アメリのしあわせは手の中からこぼれ落ちていた。

「……今日もいないわね」

「そう、みたいです」

「よかったわ！　あの男、ようやく諦めたのね」

元恋人、エドガールはやり直そうとアメリに復縁を迫り、連日彼女につきまとい続けた。あまりにも執拗に粘着していたエドガールだが、いよいよ王都警備隊に連行されてから姿を見せなくなった。

正確には、連行された翌日は店の近くまでやってきていたが、なぜかアメリに近づく前に逃げるようにして去っていった。その日を境にぱったりと粘着行為がなくなり、この一週間は影も形もない。

（……結局、私の三年ってその程度だったのね）

アメリはエドガールからの粘着行為にほとほと疲れ、心は彼から離れていったが、まだすべてを断ち切れてはいなかった。復縁など絶対にないと思っていても、これで諦められる程度だったのかと落胆してしまう。アメリはそんな自分が一番嫌だったが、心は思うとおりにならなかった。

「ほら、アメリ。もうあがって、おいしいものでも食べて帰りなさい？」

「……そうします」

粘着行為が止んだことで考えてしまう時間が増えてしまい、アメリはそれをごまかすために食事を楽しむことにしていた。最近はお気に入りの店を見つけ、この数日同じ店に通い続けている。

「あっ、そうだ。よかったら、先生も一緒に食べに行きません？」

「まあっ、うれしい！」

ジュスティーヌは両手をあわせてうれしそうにほほ笑む。よろこんで誘いを受けようとしたジュスティーヌだが、ふとなにかに気づいたように口元に手を当てると、かなしそうに眉尻を下げた。

「……ああ、アメリ、ごめんなさい。ちょっと、やぼ用があるみたいなの」

「あ、そうなんですね……」

「次はかならず、絶対、どんな用があっても一緒に行くわ！　だからまた誘ってね、アメリ。お願いよ！」

「ふふ、もちろんです」

アメリはジュスティーヌの言葉に多少引っかかりを覚えたが、彼女の必死の懇願にくすりと笑ってうなずく。荷物を片づけ、店の扉まで見送るジュスティーヌに手を振ると、アメリはお気に入りの店に向かって歩き出した。

「……まったく。かわいいかわいい弟子の誘いを断らないといけなくなるなんて！」

ジュスティーヌはアメリの姿が見えなくなると、腰に手を当て不満そうな声を上げる。その声に反応してか、小さな笑い声と共に店の陰から男が現れた。

「愛弟子《まなでし》もいいが、俺に会えるのもうれしいだろう？」

「笑えない冗談ね。それで、なんの用なのアドリアン？　……まあっ、あなたの私服姿、初めて見たわ。服、持っていたのね」

男はラウルの上官である王都警備隊部隊長、アドリアンだ。きっちりとした王都警備隊の隊服ではなく、ラフな服を身にまとっている。

「……失礼だなあ」

アドリアンは大げさに肩をすくめてみせた。二人のやり取りや態度から、二人が知己《ちき》の間柄だとわかる。ジュスティーヌは腕を組むと、目を細めて低い声で言葉を続けた。

「あなたにはわからないでしょうけれど、かわいいかわいい弟子の誘いを断って……私、とても機嫌が悪いの」

「いやいや、わかるぞ？　俺にもかわいい部下たちがいるからなあ。この前だって、かわいい部下のために夜中に呼び出されて……」

「あなたの話は聞いていないわ」

「……冷たいなあ」

ジュスティーヌのすげない態度にアドリアンは声こそ不満そうだが、表情は笑顔だ。ジュスティーヌがすげなくなるのは、アドリアンが彼女のもとにやってくるときは、たいてい面倒事を頼みにくるときだと知っているからだ。

アドリアンも面倒事を持ってきている自覚があるからこそ、ジュスティーヌの態度を気にしないのだろう。それなりに気心の知れている仲だから、というのもあるのだろうが。

「……断る気だけれど、話は聞くわ」

「ははっ、聞いたら協力する気になると思うぞ？」

「へぇ、それは楽しみね」

渋々ながらもジュスティーヌは店の扉を開き、アドリアンを招き入れる。アドリアンは軽快に笑いながら中に入った。

「店にくるのは久しぶりだな……変わりないか」

「ええ。楽しくやっているわ」

アドリアンは店内をぐるりと見回す。懐かしそうにするアドリアンに対し、ジュスティーヌは腰に両手を当て急かすように視線を向けた。

「アドリアン。店に用はないんでしょう？」

「ないことはないぞ？　ここならいつでもジュスティーヌに会えるからな」

「あなたも懲りないわね……」

「一途だと言ってほしいね」

「……私は子どもを相手にしないのよ」

「おいおい、俺はもう三十を超えたんだぞ？　そろそろ、少しは見る目を変えてくれよ」

「ふん。なら、それにふさわしい貫禄をつけてくることね！」

肩をすくめたアドリアンを見て、ジュスティーヌは困ったように笑う。

二人はもう十五年近くになる長い付き合いだった。王都警備隊の新人と隊に協力する魔法使いとしてさまざまな事件で手を組み、共に乗り越えて信頼関係を築き上げてきた仲だ。

「……それで、今回の依頼なんだが」

軽いやり取りを交わし、お互い少し気が緩んだところでアドリアンは本題に入る。ジュスティーヌは魔法を使い、音が漏れないように結界を張ってから耳を傾けた。

「この男の居場所が知りたい」

アドリアンは懐から折られた紙を取り出し、ジュスティーヌに投げ渡す。その紙を受け取り広げたジュスティーヌは、そこに記された名前に不機嫌そうに眉をひそめた。

「この……クズ男っ」

ジュスティーヌは手に持った紙をぐしゃりと握りしめ、魔法で紙を燃やしながら低い声を出す。

「……アドリアン。あなた、ただのクズ男を探すほど暇な人間じゃないでしょう？」

「まあな。……ふっ、クズ男って」

「クズよ、クズ！　絶対に許さないわ！　二度と会いたくないし、名前を聞くことすら不快よ！」

「……たしかにクズだがな」

ジュスティーヌは不快な男を探す手伝いなどしたくもない。しかし、アドリアンが王都警備隊の部隊長でありながら、裏では特務権限を持つ特務班の一員でもあることを知っていた。そんなアドリアンが探している人物となれば、気に入らないからと一蹴するわけにもいかない。

おそらくアドリアンもすでに調査済みの情報で男の人となりを知っており、ジュスティーヌがクズだと罵《ののし》る気持ちも理解できるだろう。しかしその程度のクズ男だというだけで、特務班がその所在を探すはずもない。

「そのクズ男は、本当にどうしようもないクズ男のようでね」

「……どういうこと？」

「反国家組織の一端だ。それも、五年前に派手に暴れたあの組織の……な」

ジュスティーヌは驚いて目を見開いた。

五年前といえば、王都に住まう者ならまだ記憶に深く残っているだろう魔物襲撃事件が思い当たる。それを引き起こした組織の人間となれば、ただのクズ男ではなく反国家組織のクズ男だ。

「あの……あの……っ」

それを知ったジュスティーヌは怒りで顔を真っ赤に染める。アドリアンが両手で耳をふさぐと同時にジュスティーヌが大きく口を開き、低い声で叫んだ。

「あのっ、クズ男が!!」

「……はは、怖いな」

怒りのあまり大声で罵倒するジュスティーヌを眺めながら、アドリアンはつぶやく。しばらくして気が済んだ……わけではないものの、ジュスティーヌは頭を押さえて冷静になろうと深呼吸を繰り返した。

「っ……なんてこと！」

「……大丈夫か？」

近くにあった椅子に座り込んだジュスティーヌにアドリアンは心配そうに声をかける。ジュスティーヌは深く息を吐き、首を横に振って気持ちを落ち着かせ、顔を上げてうなずいた。

「……ええ！」

「引き受けてくれる気になったか？」

「そうね。あのクズ男を、かならず見つけ出すわ……！」

ジュスティーヌは宣言するなり魔法を解き、作業部屋へと駆け込んだ。そのさまをただ見送るしかなかったアドリアンは肩をすくめる。

「この件が落ち着いたら茶でも……って、誘おうと思っていたんだがな。うーん、残念、残念」

一人置いていかれたアドリアンは残念そうにつぶやくと、ほかの手を打つべく店をあとにした。


師がそのようなやり取りをしていることなど知らず、アメリはお気に入りの店の一番奥の席で、おすすめの料理に舌鼓《したつづみ》をうっていた。メインのやわらかそうな肉料理をナイフで切り分け、フォークで口元に運ぶ。

（んっ、……おいしい～っ）

アメリはそのおいしさに顔をほころばせながら料理をぺろりと平らげ、腹の中に収めた。おいしい料理で腹を満たしてしあわせな気持ちにひたっていたが、向かいの席に誰もいないことに、ふと胸にさみしさがよぎってうつむく。

(私……一人きり……なんだな)

胸にぽっかりと穴があいたような、空虚な想い。一人で食事することは珍しくもないはずなのに、なぜか無性にさみしくなる。

あれほど手ひどく裏切られておきながらも未だに残っている想いは愛なのか、恋心なのか、それともただの執着心なのか。

(……我ながら、未練たらたらすぎて嫌になっちゃう)

アメリは自嘲《じちょう》すると、目に映るものすべてが嫌になって両手で顔を覆った。

視界をふさぐと、脳裏に浮かぶのは楽しかった日々のこと。初めてのデートや彼の笑顔、やさしい言葉や励ましの言葉。思い出はきれいなものだが、ただ美化されているだけなのかもしれない。

(……早く忘れてしまいたい……)

ただ時間が想いを薄れさせていくことを待つしかなく、アメリは深く、重いため息を一つつく。

そのまましばらく視界を覆ってうつむいていたが、向かいの席の椅子が引かれ、だれかが座った音が聞こえて驚いて声を漏らした。

「……え?」

アメリは不思議に思いながら顔を覆う両手を離し、顔を上げる。そして目に映った人物に小さな悲鳴を上げた。

「ひっ」

アメリの前には、彼女が恋人の浮気を知ってやけ酒を呑み、一夜を共にしてしまった男、ラウルの姿があった。

「な、……なん、で……こ、こ……ここに⁉」

帽子を深くかぶり、度の入っていない眼鏡をかけていても十分に美しく、濃厚な時間を過ごした男の顔を忘れられるはずはなく、見間違えるはずもない。動揺したアメリは逃げ出そうと慌てて席を立とうとした。

「まっ、待ってくれ！」

大きな声を上げ、ラウルはアメリの腕をつかむ。その声の大きさに周りの客の視線が一気に集まり、アメリは恥ずかしくなって、腰を下ろして視線から逃れるように身を縮こませた。

（どうして、この人がこんなところにいるの……⁉）

まさかこの北区で、南区で出会った男と再会するとは思いもしなかった。

アメリはつかまれた腕に視線を向け、目に映ったラウルの大きな手にあの夜のことを思い出し、湯気がたちそうなほどに顔を真っ赤に染める。

そして、一夜限りと割り切って体を交えたあの夜のことで頭の中がいっぱいになった。やけになっていたとはいえ、とんでもないことをしたものだと恥ずかしくなる。

（……あぁ……っ、また思い出しちゃった……っ）

このときアメリはラウルのことしか考えておらず、エドガールのことなどすっかり頭から消え去っていた。

「ごっ、ご、ごめん……っ」

アメリの反応をどう受け取ったのか、ラウルは慌てて彼女の腕を離した。解放されてもアメリは逃げ出すことなく、顔を赤くしたままテーブルの上に視線を落とす。

（……いったいどうして……これは偶然？　それとも……）

アメリには、相席しておきながらも黙り込むラウルの意図がわからず、うつむいたまましばらく考え込む。悩んでも答えなどわかるはずもなく、アメリはおそるおそる顔を上げる。

ラウルは眉間にしわを寄せて険しい顔をしていたが、アメリの視線を感じ取ったのか、慌てて口を開いた。

「私は、ずっと……ずっと、あなたに会いたかったんだ……」

「……わ、私に？」

「そうだっ」

アメリは困ったように眉尻を下げ、口をつぐむ。あの夜のことはお互い泥酔していながらも同意の上だった。泥酔の原因もお互い自分自身にあったのだから、責める理由も責められる謂《いわ》れもない。だというのにいまごろなんだというのか。アメリはなにを言われるのかと不安に思いながら、ラウルを見つめる。

「……っ」

ラウルは口を開くもそこから言葉は出てこず、ぱくぱくと開いては閉じるを繰り返す。ややあってラウルは頬を赤く染めると、アメリをじっと見つめた。

アメリはその反応を見て、少なくとも責められることはないだろうと少し安心する。

「……あの夢から、あなたが忘れられないんだ」

「……あー……」

お互いに慰め合うため、という範疇を超える勢いでどろどろのもみくちゃに求め合い、淫らに交わった夜のこと。アメリは自分でひとときの夢だったと言ったものの、あの生々しい記憶を夢だとは到底思えないし、忘れられもしなかった。

「……それは……」

「わ、私はっ、……あなたが好きなんだ！」

「ちょ……っ」

真正面から、しかも大きな声で告白され、アメリは面食らって顔を真っ赤に染める。周りの人々からの視線も感じ、恥ずかしさのあまりさらに身を縮こませるしかなかった。

（好き？　……私を？）

お互い名前すら知らない。一夜だけではお互いを知るには短すぎ、知れたのはせいぜい体の相性くらいなものだ。

アメリはラウルが性欲と恋心をごっちゃにしているだけではないかと思ったが、熱を含んだ潤んだ目で見つめられて言葉が出なかった。

「……突然のことに戸惑っている、と思う。けれど……私に、機会をくれないか……？」

「え、えっと……」

「お願いだ……私は、あなただけ……あなたじゃないと、だめなんだ！」

アメリはラウルの言葉に不覚にも心が揺らいだ。あなただけ、唯一であること、それはアメリがどれほど望んでも得られなかった立場だ。

「……あの日の私との会話、覚えているの？」

「ああ、すべて！」

「……じゃあ、わかると思うけれど……私、あなたのことをさみしさをまぎらわせるために、利用しちゃうよ……？」

かなしくて、つらくて、けれどもまだ想いを捨てきれず、さみしい。

あの夜、アメリはそんな自分のさみしさをまぎらわせるため、ラウルは溜まった性欲の発散のため、利害が一致してお互いを慰め合っただけだと考えていた。

「それでもいい」

「えっ」

「私を利用してくれていい。さみしさをまぎらわせるためでも、体だけでもいい！」

「ちょ、ちょっと……声が大きいっ」

「そこからでも、あなたに振り向いてもらえるようにがんばる！　エドガールのことは、忘れさせてみせるから！」

「声が大きいってば！」

アメリは慌てて両手を伸ばしてラウルの口をふさいだが、ときすでに遅し。想定外のラウルの大きな声によって、二人は店内の多くの人々の視線を集めていた。

ラウルは口をふさがれてもなお懇願するように、潤んだ目でアメリを見つめている。その視線と周りからの視線に根負けし、アメリは顔を赤くして小さくうなずいた。

「……声は、抑えてくれる……？」

ぱっと目をかがやかせて顔色を明るくするラウルに、アメリは羞恥に震える小さな声でお願いした。

ラウルがうれしそうにうなずくのを確認すると、アメリはゆっくりと手を離す。周りの雰囲気に半ば流されたようなものだが、これが計算であればラウルはなかなかの策士と言えよう。そんな器用なことをラウルができるとは到底思えないが。

（……私ったら、自分の名前は教えていないのに……エドの名前は言っちゃっていたのね……）

それが自分の未練がましさに思えてアメリは恥ずかしくなった。

実際は名を口にしたことはないのだが、まさかラウルがアメリのためにエドガールに接触していたとは思いも寄らず、彼女が気づくことはなかった。

「……ひとまず、店、出ましょう？」

「ああ！」

ラウルは満面の笑みを浮かべて立ち上がり、手を差し出した。アメリが手をとって立ち上がると、その手を引き寄せて指先に唇を寄せた。

(……顔がいいから、さまになっているわ)

不覚にも胸を高鳴らせたアメリは、ラウルの顔と動作に感心する。そのまま手を引かれて、ラウルと共に店を出た。


アメリはラウルに手を引かれるがまま、いつの間にか近くの宿に連れ込まれていた。

アメリが店を出ようと言ったのは、周りの好奇の目から逃れたかったからだけで、そういった意味はまったくなかったが、ラウルはそういった意味で受け取ったようだ。

部屋に案内されたアメリは中をぐるりと見まわす。前回の安っぽい部屋とは違い、壁はしっかりしていた。

(立派な……ベッドね……)

そして中央には大きなベッドが鎮座しており、枕もふとんもふかふかそうだ。アメリは引き返そうかと後ろを振り返ったが、ちょうどラウルが部屋の鍵をかけたところだった。

「……本当に、こんな流されている女でいいの?」

流されているとはいえ、自分の足でついてきたと自覚しているアメリは文句を言うつもりはない。しかし連れ込んだ張本人とはいえ、ラウルがどのように思っているのかは気になった。

「流されている相手が私だから、いい」

「……そう」

アメリは一歩近づいてきたラウルに目を向け、ついつい股間へ目を向けた。そこはすでにズボンの上からでもわかるほどにふくらんでおり、とても窮屈そうになっている。宿に入っても勃たないと泣いていたあの夜のラウルとは大違いだ。

それに与えられた快楽を思い出し、アメリは胸が落ち着かなくなる。

「……もう元気そうで、なによりね……私じゃなくてもよかったんじゃない……？」

「……あなたにしか、勃たなくなったんだ！」

「ええ……」

ラウルは勃たないことに悩み苦しんでいたのだから、しっかり勃つようになってよかった、が。

（……ある意味、悪化していない？　そりゃあ、追いかけたくもなるわね……）

対象が限定されてしまうのは悪化したと言えるのではないか、とアメリは思ってしまう。だが当の本人は満足そうだったので、それ以上言及しないでいた。

「あぁ、やっと……」

ラウルは興奮を隠すことなく、性急に片手で服の首元を緩め、前のボタンを外していく。その服の合間から鍛えられた胸板が見えて、アメリは胸を高鳴らせた。

「……ま、待って。やっぱり……私たち、お互い名前すら知らないのに……」

アメリはとっさにぎらぎらと情欲を宿したラウルの目から目をそらす。あの夜のことを思い出した体は彼を求めていたが、心にはまだ躊躇《ちゅうちょ》があった。

ラウルはその言葉でハッとした表情になる。そして、服を脱ぐ動作を止めて、胸に手を当てながら口を開いた。

「私は、ラウル・ルノーだ」

「ラウル……えっ⁉」

アメリは名前を聞きたかったわけではなかったが、聞いてしまった名前に聞き覚えがありすぎて驚きのあまり声を上げた。

「あの、ラウル・ルノー⁉」

「……どのラウル・ルノーかはわからないけど……そこそこ有名だと思う」

「そこそこどころか、めちゃくちゃ有名よ……！」

王都に住まう者ならだれでも五年前の大事件で起きた惨劇を知っている。そしてその大事件で活躍した英雄と呼ばれる王都警備隊所属、ラウル・ルノーのことも知っている。

それはもちろん、アメリも。

（うそでしょう……私、英雄様とヤっちゃったの⁉）

ラウル・ルノーは当時十九歳という若さで鬼神の如き戦いぶりを見せた、勇猛でありながらも見目麗しい、王都を救った英雄として有名だ。

まさかその英雄と一夜を共にした上に、いまからまた共にしようとしているとは思わず、アメリは腰を抜かす。ラウルは慌てて手を伸ばすとアメリを引き寄せ、抱くようにして支えた。

（英雄様……だったなんて……）

気づける要素はあった。英雄が王都警備隊員であることは有名であったし、ラウルは五年前の大事件に関わったことを示唆《しさ》していた。

そしてアメリもいままで見てきた中で最上だと思った、驚くほど美しい顔。女性に襲われたことも、あの英雄と結婚するためなら手段は問わなかったと考えればありえる話だ。

それらの情報があっても結びつかなかったのは、一生童貞は嫌だと叫び、勃たないと泣いていたラウルと、勇猛という言葉がつながらなかったからか。

「……あなたの名は？」

「わ……っ、私は……」

アメリは躊躇《ちゅうちょ》して口ごもる。名を知った上で名を教えてしまえば、名も知らない仲だと言い訳ができなくなる。

（……でも、私は……）

ラウルが本当に恋に落ちているのか、それともただの倒錯なのか。

アメリに判断がつかなくても、ラウルは彼女に好意を示している。さみしさをまぎらわすためでも、体だけでもいいからその好意を受け入れてほしい。

「…………」

その切なる想いを受け入れるのか、受け入れないのか。ただ流されたアメリにはまだ応えられなかった。受け入れられずとも拒むことはなく、ラウルは拒まれなかったのをいいことに、アメリをしっかりと抱いて離しはしなかった。

アメリはベッドに連れられる。目の前で服を脱ぎ捨て惜しみなく晒されるラウルの体を見て、あの夜のことを思い出して体をうずかせる。あのとき、古い傷痕が残るしっかりと鍛えられたたくましい体は、強烈な快楽から逃れようとするアメリをしっかりとつなぎ止めて離さなかった。

（あれが……また、私を……）

ズボンを脱いだラウルの下半身に、アメリの目が引き寄せられるように向けられる。下着の上からでも形がわかるほど、大きなそれは雄々しく勃ち上がっていた。

「もっ……もうそんなに……？」

「……だって……あなたを見たら……」

勃たないと嘆いていた男はいったいどこにいったのか。

ラウルは先走りで下着にしみをつくりながら目元を赤く染め、わずかに息を荒くしてアメリに手を伸ばした。その手はアメリの服を脱がせようとするも、なかなかうまくいかない。

「……脱ぐわ」

アメリは自分の服に手をかけ、ボタンを外して脱ぎ始める。想いに迷いはあっても体は彼を求め、誘惑にあらがえなかった。

（……恥ずかしい）

ラウルはアメリが服を脱ぐ姿を、目をそらさずにじっと見つめている。その視線を感じて気恥ずかしさを覚えながらも、アメリは手を止めなかった。あの夜ラウルによって体に刻み込まれた快楽の記憶がアメリの体をうずかせ、手を進めさせる。

（私……こんな……）

戸惑いつつも、アメリが服をすべて脱ぎ、最後の砦である下着に手をかける。しかしそこで、ラウルがアメリの手を止めた。

「……最後は……脱がせたい」

その低く響く懇願にアメリはぞくりと体を震わせ、なにも言わずに小さくうなずく。アメリが膝を立てて軽く足を開くと、彼女の下着に手を伸ばしたラウルはそっと紐を解いた。

秘部をさえぎっていた薄い布がはらりと落ち、アメリは頬を赤く染める。まだ触れられていなくともそこはしとどにぬれ、これから与えられるものに期待して震えていた。

ラウルはアメリの体をそっとベッドに倒すと、彼女の両膝を立たせて左右に開き、その間に割り込む。そこで膝立ちしたラウルは自分の下着に手をかけた。押さえるものを失った彼の陰茎は勢いよく飛び出し、雄々しく反り立った。

（……すっ……すご……すぎるわ……）

やわらかなベッドに背を預けてその様子を見上げていたアメリは、現れたものにごくりと生唾を飲んだ。美しく整った顔からは想像もつかない、凶悪とも言えるほど長く、大きい逸物《いちもつ》だ。

アメリがそれに目を奪われて中を甘くうずかせているうちに、ラウルは指を滑らせ、彼女の秘裂から指を差し入れた。

「あ……っ」

節くれだった男の指に中を探られ、アメリは息を吐く。アメリの反応をうかがいながら、ラウルは彼女の好いところを探り当てようと指を動かした。

「……んっ……」

アメリは好いところを暴かれて声をもらす。そのまま中を擦られ、指を増やされていじられ、快感を覚えるが、同時に物足りなさを感じていた。

（あぁ……、私……っ）

これでは足りない、もっと大きいものに中を擦られて、もっと長いものに奥を突かれたい。アメリは思わずその渇望を口にしてしまいそうになったが、羞恥で言葉を呑み込んだ。

ラウルはそれに気づいた、というわけではないだろうが、指を引き抜いてアメリの両脚を抱え、そのまま押し開く。

いよいよと期待したアメリは、そこに息がかかるのを感じて驚き、上体を起こそうとした。

「なに……えっ!?　ちょっと、ちょっと待って、……え、ぁっ!?」

アメリの制止を聞くことなく、ラウルは彼女の股座《またぐら》に顔を寄せて秘裂に舌を這わせた。初めての感覚に驚き声を上げるアメリをさらに攻めるように、ラウルは秘裂からあふれた蜜をすすり、そこに添えられた、ぷくりとふくらんだ蕾に吸いつく。

「ひあっ……あ、あ、ぁ……っ」

アメリは強烈な快感に腰を浮かし、背を反らせた。嬌声を上げて身をよじり、シーツを強くつかんで腰を揺らす。

「はあ、はあ……っ」

ラウルはアメリの痴態に興奮して腰を揺らし、だらだらとあふれ出た先走りでシーツにしみをつくっていた。しかし、すぐに逸物《いちもつ》を突き立てることはしなかった。

「あっ、も……っあ、ぁあっ、…………？」

執拗に攻められ、いよいよというところで止められたアメリは目を見開いた。高められるだけ高められて寸止めされ、解放できずにいる情欲が頭の中を溶かしていく。

「……あぁ……っ、あなたの、中に……入りたい……」

ラウルは熱を含んだ切なげな声で、アメリの耳元でささやいた。アメリはそのことしか考えられず、息を荒くしながらただうなずく。

それを聞いたラウルは、自身に魔法で避妊具を取りつけて彼女の秘裂に先をあてがった。

いよいよ望んでいるものが与えられるとアメリは期待に胸を高鳴らせたが、それはまだ与えられなかった。すりすりと擦りつけられるも中に入ってくることはなく焦らされて、思わず懇願の目をラウルに向けた。

「……あなたの名を、あなたの口から、聞きたい……っ」

アメリの懇願の目に対し、ラウルはそう懇願する。ぐずぐずにとろけたアメリの頭ではそれに従うしかすべを知らず、アメリは自分の名を告げた。

「私は……アメリ……だから……っ」

名を呼ぶ権利を得たラウルは目を潤ませ、うれしそうに笑った。アメリの腰をつかんで先端を割れ目から咥え込ませると、とびきり甘い声で彼女の名を呼ぶ。

「……アメリ……」

ラウルは同時に一気に腰を押し進め、たぎった己の欲をアメリの最奥に突きつけた。

「あ……っ、……っ」

待ち望んでいた薄い膜に隔たれたその熱を感じ、アメリの中はよろこびに震える。最奥を突かれて走った快感にアメリはそのまま達してしまった。

「あぁ……つう、ぅ……っ」

絶頂を迎えたアメリの中は搾り取ろうとするかのようにうねり、ラウルは喘いだ。なんとか堪えたラウルはゆっくりと腰を動かし、抽送を始める。

「あ、ん、あぁ……っ」

中を満たす熱い楔が動くたびに擦れ、そこから快感を生み出し、体中に伝えていた。最奥まで届く熱にじわじわと快感が広がっていく。

アメリは深くつながったところから体中に広がる快楽に夢中になっていた。

(あぁ……気持ちいい……っ)

自ら足を開いてラウルを受け入れ、必死に腰を振るラウルの動きに合わせて深くつながるよう腰を揺らす。初めは緩やかだった交わりは徐々に激しくなっていった。

「あぁ、そこっ……ん、ぁ、あっ、ラウル、もっと……っ」

「あぁ……うぅ……っ、はぁ、あ、アメリ、……っアメリ、ぁっ」

肌がぶつかり、淫らに絡む水音が部屋に響く。お互いを求め合う声と快楽に酔う嬌声がさらに二人を燃え上がらせた。

「あっ、もう……っ……も……っ」

アメリはラウルの腰に脚を絡め、しがみつくように抱きつく。そのまま深く交わった二人はぴったりと抱き合うと、アメリが先に体を震わせながら絶頂を迎えた。

「ああぁ……っ」

絶頂を迎えてうねるアメリの中で、ラウルは喘ぎながら吐精した。薄い膜にさえぎられながらも、奥にすべてを注ごうとするように腰を擦りつける。ラウルはすべてを吐き出し終えると、絶頂の余韻にひたる間もなくアメリの中から抜け出した。

「はぁ……っ」

ラウルは避妊具を取り外すと、再び勃ち上がった自身に避妊具を取りつけ直す。ラウルの欲はまだ収まることを知らなかったが、それは彼だけではなかった。

「あっ、……アメリ……っ」

ラウルが避妊具をつけ終えるとアメリが彼にまたがった。すっかり快楽の虜になったアメリは止められず、夢中になって腰を揺らす。アメリの艶《なま》めかしい姿にラウルは興奮し、喘ぎながら腰をつかみ、下から突き上げる。

「あっ、ラウル……あ、んんっ」

「アメリ、アメリ……ああぁ……っ」

もはや言葉は必要なく、二人は抱き合い、お互いに舌を差し出し絡め合いながら口づけた。

二人はくぐもった声をもらしながら夢中でお互いを求め合い、深く交わる。そのまましっかりと抱き合い、舌を絡ませ体を絡ませ合いながら共に絶頂を迎えた。

その後、アメリは水を飲むためにベッドから出たが、ラウルが彼女を追いかけてきたためテーブルに手をついて後ろから交わり合った。そのまま壁に追いやられて向かい合い、立ったまま交わりあったあと、アメリはつながったまま抱き上げられてベッドに連れ戻された。

ベッドの上で四つん這いになって交わり、うつ伏せで寝転がったままの状態で後ろから交わり、もう何度目かの絶頂を迎えたところで……

「あ………朝、だわ……」

アメリは窓の外が明るくなり始めていることに気づき、掠《かす》れた声でつぶやいた。

空が白み始めたところで、ようやく二人は眠りについた。

今日が休みであったことはアメリにとって幸運だったのか、それともラウルはこうなることを予期してこの日を選んだのか。どちらにしても、疲れ果てたアメリは太陽が真上に昇るまで眠り続けた。


「……え、なに……？」

目を覚ましたアメリは身動きが取れずに驚いた。ラウルはまだ眠りについていたが、アメリを逃さないと言わんばかりに後ろからがっちりと抱きしめていた。すっきりしたような表情でよだれを垂らし、気持ちよさそうに眠っている。

「……本当に、不能だったの？」

苦言を呈したくなるくらい、そうは思えない絶倫ぶりだ。実際になかなか勃たなかった様子を見ていなければ、うそだと疑っていただろう。そんな絶倫を相手にしたアメリは喉が痛く、体も節々が痛くて疲労困憊だった、が。

（……めちゃくちゃ、気持ちよかった……）

うっとりとしてしまうような快楽を思い出して、アメリは頬を赤く染める。そのまましばらくの間、昨夜の思い出にひたっていたが、あることに気づくなり顔を青くした。

（……あの魔道具、使っていないわ……！）

前回とは違ったしっかりとした造りの宿とはいえ、二人ともさんざん喘いだ上にベッド以外でも致していた。アメリがほかの人に聞かれていたのではと顔を白くしていると、ようやくラウルが起き出す。

「あぁ、どうしよう……恥ずかしい……っ」

「ん……？　なにが……」

「……私、あんなに騒いで……っ」

「……隣も、向かいも、下も……借りているから……だいじょう……ぶ……」

「……え？」

寝ぼけながらも答えたラウルの言葉を聞いて、アメリは驚きに言葉を失った。

ラウルは五年前の大事件で騎士爵を与えられ、さらに褒章も与えられている。また王都警備隊も給料は高く、中でもきついと言われる治安維持部隊、さらに特務班は命の危険がある分なおいいと言われている。

一度に四、五部屋同時に借りてもラウルの懐はまったく痛まないのだろう、とアメリは推測した。

「……さすがは英雄様ね…………ひゃっ」

「……うぅん……」

ラウルはまだ眠りから覚めきっておらず、うなりながらアメリの首筋に顔を擦り寄せる。髪が首筋にかかり、くすぐったくなって、アメリは声を上げて体を震わせた。

「……ラウル、起きて。腕を離して」

「う……」

ラウルはアメリの言葉に従い、腕を離す。解放されたアメリが上体を起き上がらせると、ラウルも目をこすりながら上体を起こした。

「おはよう、ラウル。って言っても、もうお昼を過ぎてるみたいだけれど」

「……へへ、おはよう。夢じゃないんだな……」

「……そうね……夢、ではないわ……」

前回は一夜限りの関係だから夢だったと言い聞かせたが、もう二度目だ。アメリはさすがにこれを夢だとは言えないと諦めていた。

「うっ……夢じゃない……、恋人になれるなんて……」

「え?」

「えっ」

しあわせいっぱいと言わんばかりのとろけるような笑みを浮かべていたラウルは、疑問の声を上げたアメリに反応して表情を崩す。拒絶しているわけではなく、ただ疑問に思いながらアメリは言葉を続けた。

「……私たち、いつ交際することになったの？」

「えっ⁉　それは……だって……あれ？　でも……え……っ」

さきほどのしあわせいっぱいの表情から一転、ラウルは驚き、焦り、そしてしおれた花のようにしょぼくれていく。ラウルは想いを伝えて機会がほしいと頼み込み、アメリは流されてそれにうなずいたものの、それは体を重ねる機会なだけであって、交際の話ではなかった。

（……たしかに、二回もヤっちゃったけれど……）

どちらも、二回といえないほど濃厚で濃密な交わりであった。昨夜と前回の夜のことを思い出して顔を赤くするアメリだが、対してラウルの顔はどんどん青くなっていく。

「そ……そうだよ、ですよね……アメリさんが……あなたが、私みたいな、やつなんて……」

「ちっ、違うわっ！　そういう意味じゃなくて……」

どんどん卑屈になっていき、かわいそうなくらいに顔を青くしていくラウルに、アメリは慌てて制止をかけた。いまにも泣き出してしまいそうに眉尻を下げてうつむいていた彼は、おそるおそるといったように顔を上げてアメリを見つめる。

「嫌ではないの。ただ……私たち、そういう話をちゃんとしていないでしょう？」

「え……っ、嫌じゃないのか？」

「……嫌ではないわ」

嫌ではないというだけだが、ラウルはその言葉に水を与えられた花のように表情を活き活きさせた。アメリは気持ちを上げたり下げたりと忙しいラウルを少しかわいいと思い、同時に、自分の中に浮かんだ疑問に気づく。

（……かわいい？　……男の人が？）

相手は英雄と讃えられた男だ。アメリよりも年上で、顔はたしかに中性的で美しいが、かわいい顔ではない。体も鍛えられてがっしりとしていて、しっかり男であることもわかっている。

なのになぜかわいいと思ったのか、アメリがその疑問を考え込む前にラウルは彼女の両手を取り、ぐっと身を乗り出した。

「じゃあっ、アメリさん！　私と……私と、付き合ってください！」

ラウルの目はまっすぐアメリに向けられている。夜を共にした翌朝、もう昼だが、ベッドの上でお互い裸のままでの告白だ。アメリはこんな経験は一生に一度で十分だと思う。

「……本当に、私でいいの？」

「私は、アメリさんがいい。アメリさんじゃないとだめなんだっ！」

ラウルの言葉に偽りはないのだろう。でなければ、たった一夜を共に過ごした名も知らぬ相手をここまで必死に追いかけたりはしない。

（……私じゃないと……）

その言葉にアメリの心が揺れる。

恋人の手ひどい裏切りに深く傷ついたアメリにとって、その言葉はあまりにも魅惑的だった。愛する人にとって自分は唯一ではなく一番でもなかった、そう思い込んでいるアメリが自分だけを求めることを望むのは必然の流れだろう。

(……この人は、きっと……私をだましたりはしない)

アメリはラウルの行動と言葉に偽りは感じられなかった。もっとも、エドガールの偽りに気づけなかったアメリは、自分の目や判断力に自信はない。

けれど、アメリはラウルを信じてみようと、小さくうなずいてそれを受け入れた。

「……うん。お付き合いしましょう」

「ほ、本当か!?」

「うん」

「や…………っ、やったあ!!」

ラウルは彼女を勢いよく抱きしめる。突然の抱擁《ほうよう》に驚くアメリだが、耳元からすすり泣く声が聞こえてさらに驚いた。

「……えっ、泣くほどのこと?」

「だって……っう、う……っ」

アメリは泣きながらよろこぶラウルの背に腕を回し、あやすように軽くたたいた。鍛えられている背中は思いのほか硬く、アメリは妙に感心してしまう。

（本当に、すごくいい体……）

アメリは再び夜のことを思い出して顔を赤くした。まだアメリの中にラウルを想う気持ちは自覚できていなかったが、その体にはかなりの魅力を感じているようだ。

「アメリさん……っ」

ラウルは感極まった様子で、ぎゅうぎゅうと抱きつく。アメリにはその反応が斬新すぎて、つい元恋人のことを思い出して比べてしまう。

（……同じ男の人なのに、全然違う）

二人が交際することになったのはエドガールからの告白がきっかけだった。洒落《しゃれ》た店で余裕のある振る舞いをしていたエドガールは、アメリにはとても大人に見えていた。交際を了承した際も、ただうれしいよとほほ笑んだだけで、ラウルのように泣くことも抱きつくこともなかった。

（……そういえば、男の人が泣いたところを見たのは……この人が初めてかも）

初めて出会った酒場でラウルは涙を流していた。それが、アメリが見た初めての男の人の涙だった。アメリにとってもっとも身近であった男の人は父だったが、彼は妻が出ていったときでも涙を流すことはなかった。

（……ふふ、よく泣いちゃう人なのね）

アメリが頭をなでると、ラウルは抱きしめる力をさらに強くする。さすがに少し苦しくなったアメリは降参といったようにラウルの肩をたたいた。

「……ラウル、ちょっと苦しい」

「あっ、ごめん！」

ラウルは慌てて腕を離し、アメリから少し離れる。流れた涙を乱雑に拭うラウルを眺めながら、アメリはくすりと笑った。

◆

元恋人からの粘着行為がなくなり、新しい恋人ができて無事にアメリは平穏を得られたかのように思えた。

おそらく一生忘れられない朝、いや昼を終えた翌日、アメリはいつものように魔道具店に向かう。扉を開き、挨拶しながら中に入ると、アメリを出迎えたジュスティーヌは開口一番に大きな声を出した。

「先生、おはようござ……」

「アメリ！　あなた、あれからあのクズ男と会った!?」

「え……えっ？」

目尻をつり上げたジュスティーヌの剣幕におののいたアメリは混乱する。アメリの驚く様子に冷静さを取り戻したジュスティーヌは慌てて咳ばらいした。

「ああ、ごめんなさいね。ちょっと……私ったら、興奮しちゃった」

「あ、はい……」

アメリはジュスティーヌがこれほど怒りを顕《あらわ》にするのを見たのは初めてだった。よほど腹に据えかねることがあったのだろう。ジュスティーヌは一つ深呼吸をすると、両手を腰に当て、落ち着いた声音で改めてアメリに問いかけた。

「……それで、アメリ。あなたの恋人……いえ、あのクズ男だけれど……」

「え……」

アメリはラウルの顔を思い浮かべ、ジュスティーヌの言葉に耳を疑う。ラウルは五年前、体を張って王都と人々を守った英雄だ。アメリと出会うまで童貞らしく女性関係は清らか、よくも悪くも人をだませそうにないラウルがクズ男とは到底思えなかった。

「……あの人、そんな悪い人じゃないと思うのだけど……」

ジュスティーヌはアメリの言葉に驚いて目を見開く。浮気をした男が悪い人でないわけがない、というのがジュスティーヌの考えだ。

「アメリ……あなたもしかして、まだ気持ちを引きずっているの……？」

ジュスティーヌは開口一番の怒りに満ちた声から一転し、心配そうな声で問いかける。

「えっ」

「え？」

その問いにアメリは首をかしげ、ジュスティーヌも彼女の反応の薄さに首をかしげる。顔を見合わせた二人はしばしの沈黙のあと、クズ男がだれを指すのかお互いの認識に齟齬《そご》があると気づいた。

「……先生、恋人ってもしかして、エド……エドガールのこと？」

「え、ええ……ああ、そうね。元、恋人だったわね」

アメリは恋人と聞いて真っ先にラウルを思い浮かべていた。この間までは、早く忘れたい、未練がましくて嫌になると思うほど忘れられなかったのに、今はエドガールのことを思い出しもしなかった。

自分自身の変化に驚くアメリを見つめ、ジュスティーヌはハッと目を見開いた。

「……アメリ、もしかして……恋人ができたの？」

「えっと……、まあ……はい」

アメリは新しい恋人の存在によって、エドガールを過去のことにしようとしていた。エドガールを思い出せばまだ胸は苦しく想いは残っているが、いまはラウルへと意識を向けている。アメリにとっては望ましい、大きな変化だ。

「あぁ、アメリ……っ、おめでとう！」

「……っ、ありがとう……」

ジュスティーヌはおおいによろこび、アメリを抱きしめた。アメリはその抱擁《ほうよう》に驚きつつも、少し恥ずかしそうにうなずく。

「まぁ、まぁ、まぁっ！　よかった！　あんなクズみたいな男のせいで、アメリの未来がせばまらなくて！」

「先生……」

「アメリ、どんな人なの？」

「えっと、王都警備隊の人で……」

「その人、今日は迎えにくるの？」

「え？　……あ、くるって言っていました」

昨日ラウルはアメリとの別れ際に、仕事が終わるころに迎えに行くと言っていた。

彼が店の場所を知っているのか、仕事が終わる時間を知っているのかと疑問を抱いたが、名も知らぬ相手を探し出したくらいなのだから、知っていてもおかしくないかと追及はしなかった。

「まぁっ、それなら安心だわ！」

（……安心？）

アメリはジュスティーヌの言葉を不思議に思ったものの、客がやってきて案内している間に忘れてしまった。

◆

アメリが忙しい朝を迎えているころ、ラウルもまた忙しい一日が始まろうとしていた。

（今日はアメリに堂々と会いに行ける！）

ラウルは鼻歌を歌いながら魔物討伐の準備にあたる。いつになく上機嫌な様子を不思議に思いながら、同僚の一人がラウルに声をかけた。

「ラウル、珍しく上機嫌じゃん。なんかあったの？」

毎日仕事を憂鬱《ゆううつ》に思っていたラウルだが、今日の彼は仕事が終わったあとのことを考えていて気が重くならずに済んでいた。同僚の問いにラウルは胸を張り、明るい声で答える。

「実は……私にも、恋人ができたんだ！」

「ふーん……え？　……ええっ⁉　ラウルに女が⁉」

「なにそれ、うそだろ……」

「マジなのか？　あのラウルに？」

同僚が出した大きな声にほかの同僚も集まってくる。皆、かの英雄ラウル・ルノーがこの部隊に転属させられるきっかけとなった極度の女性恐怖症について知っている。そんなラウルに恋人ができたなど、にわかに信じられない様子だった。

「……ラウル、ついに空想の恋人を作ったのか……？」

「なっ、なんだよ、失礼だな！」

同僚らは、頭に湯気がたちそうなほど怒っているラウルを哀れんだ目で見ている。皆、到底信じられないくらいラウルの女性への恐怖が深刻なものだと理解しているのだ。

「……そうか。ラウル……おまえがそれでしあわせならいいよ……」

「だから、実在する女性だって！　……もう絶対、みんなには会わせてやらないからな！」

同僚らはラウルの主張をなかなか信じなかった。

なにせ女性と目を合わせて顔を青くするだけならまだしも、話している間に失神するような男だ。この部隊にラウルを笑う者はいなかったが、哀れんだり心配したりする者はいる。

「ふーん。会わせてくれなくていいけど、どんな人なんだ？」

まだ信じていないようだが、同僚の一人がラウルに問う。するとラウルは不機嫌に寄せていた眉根から皺を消し、うっとりとした表情を浮かべた。

「……運命の人だ」

「おう、そうか。じゃあ、皆解散だ」

「うわっ、隊長」

ラウルのうっとりとした声に反応したのは同僚ではなく、いつの間にか後ろに立っていた部隊長であるアドリアンだ。その存在に気づいた隊員らは声を上げるが、ラウルは自分の世界に入り込みアメリに思いをはせてまったく気づいていない。

「ちょっとルノーに用があるんだ。ってことで、ほら、おまえらは解散解散」

アドリアンの声で隊員らは蜘蛛《くも》の子を散らすように去っていく。それでもなお自分の世界にひたるラウルは肩をたたかれたことでようやく現実へと戻ってきた。

「あれ……カルノー隊長？」

「ルノー。ちょっと話があるから、ついてこい」

ラウルはアドリアンに呼び出されることに心当たりがあり頬を引きつらせた。アメリとのしあわせな妄想は消えてしまい、後ろめたさで重い足を動かし、アドリアンの後ろに続いた。

アドリアンは治安維持部隊が使う小屋の中でラウルと二人きりになると、腕を組んで目を細めた。

ラウルはその視線から逃げるように目をそらし、冷や汗をかく。

「……おまえ、手帳を使ったな？」

「あっ、……は、はい……」

手帳というのは文字どおりの手帳ではなく、王都警備隊の情報部のことを指している。特務班に所属するラウルには情報部員を動かす権限が与えられており、彼はその権限を利用しただけだ。だが、いかんせん利用した理由に個人的な私情があったことで後ろ髪を引かれていた。

（……だって、あいつ、怪しかったし……）

ラウルはアメリの元恋人、エドガール・デュボワの調査に情報部員を使った。というのも、エドガールの言動には怪しい点が多かったからだ。アメリに捨てられて死ぬ、ではなく殺されると口走ったことをラウルはなにより怪しんだ。

エドガールはなんらかの犯罪組織の一員で、恋人という立場を使ってアメリの技術を利用しようとしているのではないか。そう考えたラウルはその日のうちに情報部に調査を申請した。

特務班が情報部員を使う理由としては正当ではあるが、そこには私情があり余るほどに含まれている。ラウルはアメリの心を思えばその考えは外れであってほしいが、もしそうであればエドガールを社会的に抹殺しよう、とまで考えていたのだから。

（うぅ……まさかカルノー隊長に話がいくなんて……）

アドリアンは治安維持部隊においても特務班においてもラウルの直属の上官だ。特務権限によって各自の判断が認められてはいるものの、ラウルの行動がアドリアンに報告されるのは至極当然である。

（カルノー隊長はなんでもお見通しだし……絶対、怒られる……）

ラウルは申請には十分気を遣っていたものの、どこからか私情がアドリアンにばれてしまったのかもしれないと気が気でなかった。苦言を呈されるのかとラウルが身構えていると、予想に反してアドリアンはにっこりと笑った。

「ルノー、お手柄だな」

「……へ？」

注意ではなく称賛の言葉をかけられ、ラウルは間の抜けた声をもらす。私情については気づかれていないのか、気づかれているがどうでもいいと判断されたのか。どちらにしても、怒られなかったことにラウルは心底安堵した。

「あ……」

しかし称賛されたということは、ラウルの予想どおりエドガールには裏があったことになる。すぐにそのことに気づいたラウルはエドガールへの怒りを燃え上がらせた。

（……あの男！　絶対に……絶対に、許さないからな！）

エドガールが黒だとはっきりすれば、しかるべき機関が彼を処罰するはずだ。一度犯罪者として裁かれてしまえばこの王都で生きることは非常に厳しく、王都を去らざるを得なくなる可能性が高い。そうなればエドガールがアメリの目に触れることはなくなり、彼女がつらい思いをせずに済むようになるはずだ。

「はぁ、よかった……」

ラウルは安心して大きく息を吐く。アドリアンはその様子を眺めながらさらににっこり笑い、ラウルが驚く言葉を口にした。

「それにしても……ルノー、よく見つけ出したな。おまえのおかげで、こっちも赤いしおりを見つけられそうだよ」

「……え？」

ラウルはよろこんだのもつかの間、新しい事実を知って言葉を失う。

しおりというのは、なんらかの犯罪組織に関する手がかりを指し、色によって危険度が変わる。中でも赤は最上位の危険性を示し、いま、赤で示される組織は一つしかない。

「まさか……」

それは五年前の大惨事となった事件を引き起こした反国家勢力。五年前に勢力内で重要な地位にあったと思われる先導者や実行者らは捕縛、または処分されたが、未だに勢力の主導者はわかっておらず、情報も少ない。

「おまえが見つけてくれたのは、切れ端だったんだが……」

しかしラウルの申請がきっかけとなり、エドガール・デュボワは徹底的に調査され、反国家勢力の末端員であることが判明した。末端員といえどもエドガールからなんらかの情報を引き出せれば、組織への対応も大きく前進できるかもしれない。そうアドリアンは話した。

（あの組織の一員なのだとしたら、あいつは……最初から……！）

稀少な魔道具師であるアメリと、稀少な魔法使いであるレイラ。おそらく、エドガールは初めからアメリを利用するために近づいたのだろう。国家所属の魔法使いであるレイラと五年前から交際していたのも、口の堅い彼女から情報を得られずともその動向を近くで監視するためだったのかもしれない。

「カルノー隊長……その切れ端は、いまどこに……？」

「いやあ、どこかに隠れちゃってさあ。探しているんだが……」

エドガールは姿をくらました、とアドリアンは言った。

王都警備隊、しかも英雄であるラウルが近づいたことで、己の秘密が露見する前に隠れたのだろう。

（あーっ、くそぉ……あのときにわかっていれば……っ）

情報部によって徹底的に調査されてようやく発覚した事実だ、ラウルが気づけないのも無理はない。

「おまえも見つけたら教えてくれよ」

「……はい」

組織から見れば、エドガールは国家魔法使いの監視ができなくなった上に、利用していた魔道具師に捨てられ、利用価値がなくなった。それどころか、王都警備隊に連行されたことのあるエドガールは、目をつけられて組織の情報が漏洩する危険性がある。

エドガールは組織から処分すべきと判断されて消されてしまったのか、もしくはそれを恐れて消される前に逃げ出したのか。もし生きているのなら、消される前に確保できれば貴重な情報源になる。

そういった理由で、王都警備隊は水面下でエドガール・デュボワの捜索にあたることになった。

「……ああ、そうだルノー。おまえ、恋人ができたんだってな」

「……え？　あ、……はい」

エドガールが反国家勢力に属していると発覚し、彼の交友関係は徹底的に調査されている。となれば、元恋人であるアメリにについても調査されているはずだ。ラウルが調査を依頼してからいつの段階で発覚したのかはわからないが、この数日のことは知られているのだろう。

「おまえに恋人ができるなんてな。おめでとう！」

「あ……ありがとうございます……」

ラウルの恋人がアメリであることをアドリアンは知っているのだろう。一昨日ラウルがとある宿で数部屋を同時に借り、二人が昼まで出てこなかったことまで知られているのかもしれない。情報部の調査力を知っているラウルは少し青ざめた。

「いやあ、よかったよかった。しっかり守ってやれよ！」

「は、はい……」

そのよかったには『都合が』と前につくような気がして、ラウルは引きつった笑みを浮かべた。

その後、アドリアンから解放されたラウルは、怒りに歯を食いしばり、両手を強く握りしめ怒りを堪えながらその日の巡回業務にあたった。

日が暮れて街並みが茜色に染まるころ、服を着替えたラウルはとぼとぼと街を歩いていた。ラウルの足が向かうのは、愛しい恋人アメリが勤める魔道具店。その胸に広がるのはアメリへの想いだ。

（……アメリ……）

元は憎き恋敵エドガールを、真にアメリを裏切っていたのなら社会的に抹殺してやりたいと考えたところから始まった。だが蓋を開けてみれば、社会的に抹殺どころの話ではなく、エドガールは反国家勢力に属する反逆者だったのだ。反逆者はことごとく極刑だ。

エドガールはラウルが接触した直後に借りていた部屋を引き払っていた。勤めていた商会をクビになって以来職場の人間と連絡をとることはなく、親しい友人なども いなければ身寄りもいない。誰にも知られることなくそのまま行方《ゆくえ》をくらましていたが、ラウルが討伐の任務にあたっている間に特務班が潜伏先を割り出していた。その身が拘束されるのも時間の問題だろう。

（あんなにやさしい人を……）

ラウルはアメリがエドガールを心から想っていたことを知っている。本気で想っていたからこそ裏切りに胸を痛め、裏切りを知っても想いを断ち切れずに涙を流していた。

（……アメリ……）

それほどアメリが愛していた男は、最初から彼女を利用するためだけに近づいた。魔道具師を目指し、夢に向かって駆け出したばかりの将来有望な少女をだまし、三年もの間利用していた。

「……こんなこと……」

あまりにも残酷な真実だ。情報は規制されているため、ラウルはこの真実をアメリに伝えることはできないが、そうでなくても伝えられるはずがなかった。

（あぁ、うぅ……どうすれば……）

ラウルは悶々と悩みながらも会いたい気持ちは止められず、いつの間にか店の前にたどり着いていたが、店の扉には閉店の札がかけられていた。

ラウルはアメリを迎えにきたものの、どこからどのような顔で迎えればよいのかわからず、おろおろと立ち往生する。

「……ラウル？」

「あっ、アメリ！」

ラウルの人影に気づいたのか、閉じられた扉が中から開かれ、アメリがひょっこりと顔をのぞかせた。会いたくてたまらなかったアメリの顔を一目見て、ラウルはさきほどまでの悩みを頭の片隅に追いやりぱっと顔を明るくする。

「やっぱり、ラウルだったのね」

「はいっ、ラウルです！」

「……えっと、まだ片づけが終わっていないから……少し待っていてくれる？」

「うんっ！」

ラウルは嬉々とした表情でうなずき、店の前に立った。その姿はまるで待てを命じられた犬のようだ。もしラウルに尻尾が生えていたのなら、風を切る勢いで振られていることだろう。

「……ねえ、ラウル。中で待っている？」

「えっ、いいのか？」

「先生はいいって言ってくれたんだけれど……女の人だから、どうかなと思って」

ラウルは自分を気遣うアメリの言葉によろこびつつも、少し躊躇《ちゅうちょ》した。ラウルにとってアメリは特別な存在のため恐怖心はないが、まだ女性を見れば恐怖心が湧き上がる。

（あ、アメリの先生だし……大丈夫っ）

しかし、今後長くアメリと交際を続けるならば、彼女の先生と交流する機会が何度もあるはずだ。アメリが先生と呼んで慕う人物なら、きっと怖い人ではない。ラウルは自分にそう言い聞かせ、小さくうなずいた。

「おっ……お……おねがい、します……」

ラウルの中からさきほどまでのうれしい気持ちが急速に消えていく。一転して声からは覇気が失われ、勢いよく振られていた尻尾を足の間に挟むような落ち込みぶりだ。アメリは少し心配そうにラウルを見ている。

「……先生に女性が苦手ってこと、伝えてもいい？」

「えっ……あっ、うん！」

ラウルが女性を苦手としていることは繊細な問題だ。ラウル自身は知られたくないことであったが、王都警備隊内にはすでに広まっている。

そんなこともあり、アメリが事前に確認したことに胸を震わせた。

（本当に、やさしい……）

同僚に面白おかしく話されたことは、ラウルにとっては相当つらい思い出だ。だからこそ、アメリの細やかな配慮がうれしくてたまらなかった。

「じゃあ、ちょっと待っていて」

アメリは一度中に戻り、しばらくしてラウルのもとにやってくる。アメリの案内で店の中に足を踏み入れたラウルは、きょろきょろと店内を見回した。

（うわぁ……毎日見ていたけど、中はこんな感じだったのか）

気を遣ってくれているのか、ジュスティーヌの姿はない。棚やテーブルにさまざまな魔道具が並べられていて、ラウルでもよく見る魔道具から、まったく見たことのない珍しい魔道具までさまざまだ。子どものように目をかがやかせながら見回すラウルの様子を見て、アメリはくすりと笑った。

「ラウル、ここに座って」

「あ、うん！」

「ごめんね、急いで終わらせてくるから」

アメリは近くの椅子を引いてラウルを座らせると、奥の部屋に入っていった。それを見送ったラウルは再び店の中を見回す。

（ここでアメリが毎日働いているんだな……うん、毎日きたいな。いや、住みたいかも……）

働くアメリの姿を妄想し、ラウルはだらしなく頬を緩める。ラウルが将来一緒に店を営むところまで妄想を広めたところで、店の主ジュスティーヌが奥の部屋から出てきた。

（……はっ、…………え？）

ラウルはジュスティーヌの姿を見て固まる。それは女性を見て湧き上がる恐怖心からではなく、戸惑いからだ。

ジュスティーヌの体は大きな外套《がいとう》ですっぽりと覆われて体型がまったくわからず、その頭にはうさぎの顔を模したかぶり物をかぶっている。

「う、うさ……うさぎ……」

「あなたがラウルくん？」

そして、その口から出てきたのは女性のものとは思えないほど低い声。ラウルは反応できずに目をしばたたかせたが、その格好が自分への配慮だと気づいて慌てて頭を下げた。

「は、はい！　ラウル・ルノーと申します！」

「まぁ！　ラウルくんって、あのラウル・ルノーなの？」

「おそらく、そのラウル・ルノーだと思われます！」

「思われますだなんて……ふふっ、面白いことを言うのね！」

口調は女性らしいが、声や見た目に女性らしさが感じられず、なによりここまで配慮されたことでジュスティーヌに恐怖を感じなかった。ただ、つぶらな瞳であるのに無機質で感情を読み取れないうさぎの頭には、別の恐怖が生まれそうであったが。

「……あの……ご配慮、ありがとうございます」

「ふふ。お遊びで作ったこの頭が、意外なところで役に立ってよかったわ！　それにしてもまさか、あの英雄さんがアメリの恋人だなんて」

「……恋人……へへ……」

英雄と呼ばれることよりも、アメリの恋人と呼ばれたことがうれしくて、ラウルは目に見えてにやける。そのにやけ面すら美しく見えるのは、顔がいい者の特権だろう。

「ところで……私、赤いしおりを探しているの。ラウルさんはご存知？」

「えっ……あ！」

この国には、王都警備隊のように表で華々しく活動して国を守るさまざまな機関がある一方、一部の限られた者にしかその存在を知られず裏で暗躍している秘密機関が存在している。ラウルは特務班に所属してから秘密機関の存在を知らされた。

（この人、協力者なのか……！）

秘密機関には魔法使いや魔道具師といった協力者がいる。赤いしおりを知っている以上、ラウルはジュスティーヌがその機関の協力者だと察せられた。

「あっ、……いえ、私も探しているので……かならず探し出します！」

「ええ、ええ。ラウルさん、アメリをよろしくね。最近、とても物騒だから」

「はいっ、アメリさんは、私の命に代えてもかならず守ります！」

「まあっ、頼もしい」

「えっ……いったい、なんの話をしているの？」

二人がそんなやり取りをしている間に、片づけを終え奥の部屋から出てきたアメリは、不思議そうに首をかしげる。おそらく最後のほうしか聞こえていなかっただろうが、もし初めから聞いていたとしても、アメリには二人がなんの会話をしていたのか理解できなかっただろう。

「あっ、アメリ！」

「ごめんね、ラウル。お待たせ」

「いや全然、待っていない！」

ラウルはアメリの姿を目に映すなり満面の笑みを浮かべ、早足で彼女のそばに寄る。駆け出さなかったのは、ぎりぎり残った冷静な自分がジュスティーヌの前だということを忘れなかったからだろう。その様子はまるで主人をずっと待っていた犬のようで、ラウルに尻尾があれば振り切れそうなくらいに振っているに違いない。

「それじゃあ、先生。今日は帰りますね」

「それじゃあね、二人とも。気をつけて」

「はい、先生。また明日」

「ありがとうございます、また明日！」

自然にまた明日と口にするラウルに、アメリもジュスティーヌも笑う。ジュスティーヌに見送られながら二人は共に店を出た。

「ラウル、明日も迎えにきてくれるの？」

アメリはラウルと並んで歩きながら、さきほどの言葉をラウルに問う。

「うん。あっ、毎日そのつもりだったんだけど……」

「毎日ってたいへんじゃない？」

「だって、毎日アメリに会いたくて。もしかして、嫌だったか……？」

「ううん、嫌じゃない。うれしいわ。ありがとう」

ラウルはぱっと表情を明るくし、おおいによろこんだ。全力で向けられるラウルの好意を受けて、アメリは少し気恥ずかしそうだ。

「今日のアメリは、なんか、すごくきれいだな！」

「……なんか？」

「なんか……そう！　スカートの色が、バタークリームケーキみたいでおいしそうだ！」

「……おいしそう？」

「えっと、だから、そのっ」

ラウルのなんとも言いがたい、微妙すぎる褒め言葉にアメリはおうむ返しして目をしばたたかせる。その反応に焦りを覚えたラウルは、さらに微妙な褒め言葉を続けた。

（ま、まずいぞ……!?）

必死になればなるほど、ラウルの言葉選びはどんどんひどくなっていった。ことあるごとに残念な男と酷評され続けたラウルは、アメリにもそう評されてしまうのではないかと不安になる。

だがアメリは怒り出すことはなく、ラウルの言葉に噴き出した。

「ぷっ……ふふ、あははっ！　ふふっ、ありがとう。バタークリームケーキ、おいしいよね」

「あ、うん！　私は、好き……なんだ」

「私も、好きよ」

アメリはほほ笑んで隣を歩くラウルの手をそっと握る。ラウルは大げさに体を震わせて驚き、声を上げて顔を真っ赤にした。

「あ、あ、あ……アメリっ」

「恋人なんだから、手をつなぐぐらいするでしょう？」

「うう……っ、今日はもう、手を洗わないぞ！」

「いえ、ちゃんと洗ってちょうだい」

歓喜のあまり妙なことを口走ったラウルを見上げて、アメリはあきれたように息を吐く。これまでラウルはアメリと手をつなぐ以上のことをしておきながら、手をつなぐ程度で真っ赤だ。

そんなやり取りをしていると、店からさほど離れていない距離にある、アメリの家が見えた。別れの時間が近づき、ラウルは無意識にぽつりとつぶやく。

「……あぁ……離れたくないな……」

無意識だからこそ、飾りも偽りもない言葉。それを聞いたアメリはふふっと笑い、小さな声で一つ提案した。

「ねえ、ラウル。……少し、あがっていく？」

「えっ、……あっ！　その、狙って言ったわけじゃなくてっ」

「うん、うん。それで、どうする？」

「………いく」

ラウルは正直に答え、何度もうなずいた。

ラウルの格好をつけない素直な反応を見てアメリはほほ笑む。アメリが促すとラウルは顔を赤らめ、二人は手をつないだまま建物に入った。

（ああ……外からしか見えなかったアメリの部屋に、いよいよ……）

アメリの部屋は一階の角部屋だ。ラウルは扉の前でつないだ手を離し、鍵を開けるアメリの後ろ姿を眺めながら、感動に胸を震わせた。

「どうぞ、入って」

「おっ、お……お邪魔します！」

扉が開き、ラウルは夢に見たアメリの部屋へ足を踏み入れた。

◆

アメリは魔道具で部屋を照らした。部屋は広くないが、一人で生活するには十分の広さだ。ラウルは感動しているように目を伏せ、声を震わせてつぶやく。

「……あぁ、いいにおいがする……アメリのにおいだ……」

「えっ、私の？」

アメリは部屋の中を嗅ぎ、自分の腕を嗅ぐ。どちらもにおいはわからず、首をかしげた。

「えっと……ラウル、ソファに座っていて」

「ああ、うん……」

ラウルはうっとりとしながらアメリの言葉に従い、部屋の片隅にある二人がけのソファに座る。

アメリが飲み物を用意している間、にこにこと笑顔のラウルが彼女を眺めていた。

「最高だなあ……！」

「……そう？」

アメリが湯気のたつティーカップを二つ手にしてソファに向かうと、ラウルはしあわせそうな表情でそうつぶやく。しあわせな笑みを浮かべるラウルの姿を見てくすりと笑い、アメリはティーカップを手渡した。

「いい茶葉じゃないけれど、よかったら」

「アメリが淹《い》れてくれたなんて……飲むのがもったいない……っ」

「……飲んでくれたほうがうれしいわ。また、何回でも淹《い》れるから」

「また!?」

ラウルはアメリの言葉に目をきらきらとかがやかせる。交際していれば紅茶を淹《い》れる機会はいくらでもある。アメリは気軽に「また」と口にしたが、ラウルにはそれがとてもうれしいようだ。

（……かわいい人）

男性にかわいいという表現は似つかわしくないと思いつつも、アメリはラウルがかわいく思えて仕方なかった。

口がうまいとは言いがたく、思ったことをそのまま口に出し、感情がすぐ顔に表れる。

これまで、顔のよさも相まって高い理想を抱かれ、現実との落差に残念だと評されていたと、アメリは以前彼から聞いた。だがいまは、アメリが好きだという気持ちが強すぎて意図せず素直で正直になっているのだろう。

だがそんなラウルの素直さが、ひどい裏切りにあったアメリにはとても好ましかった。

「ラウルはどの辺りに住んでいるの？」

「肉屋と靴屋が並んでる通りの、向かい側の路地を一本入ったところで……」

「ちょっと待って。それじゃあよくわからないわ。区は？」

「あ、えっと、ええっと……あっ、北区と東区の境の、東区だ！」

「……ううん、なんとなくわかったわ。南区じゃなかったのね」

ラウルの説明はあまりにも下手であったが、東区だということはアメリにも理解できた。二人が初めて出会ったのは南区だったため、アメリはラウルが南区に居を構えているものだと思っていた。

「あの日はたまたま、西区外郭《がいかく》で仕事だったから……南区を経由して、東区に戻ろうとしていたんだ」

「じゃあ、南区にいたのは偶然だったのね。私も南区にいたのはたまたまだったの。すごい偶然ね」

ラウルは西区から東区に戻るために南区を横切ろうとし、途中の酒場で酒を呑んで酔っぱらっていた。アメリもたまたま欲しかったものが北区の店になかったため、遠い南区に足を運んだ。二人の出会いは奇跡のような偶然だ。

「……運命だったんだ」

「ええ？」

「アメリは、私の運命の人だったんだ……」

ラウルは頬を赤らめ、うっとりとした表情でつぶやく。それは格好をつけているわけではなく、本気でそう思っての言葉だろう。

「運命なんて……大げさね」

「だって……こんな気持ち、アメリだけなんだっ！」

その言葉にアメリは心が揺さぶられた。

ラウルの目はまっすぐにアメリを見つめ、ほかには目もくれない。出会ってたった一夜過ごしただけの、名も知らぬ女を探し出したラウルの想いは疑うべくもないだろう。

「……私だけ？」

アメリは問いながらラウルの手をそっと握る。するとラウルは顔を真っ赤に染め、何度も深くうなずいた。

（……かわいい）

すでに手をつなぐ以上のことをしておきながら、ラウルはアメリから手を握られただけで照れて、ズボンをふくらませている。ラウルの初々しい反応がかわいいと、アメリは胸をときめかせた。

「あら……もう、元気になったの？」

「えっ、あ！　……い、いや、だって……その、これは……っ」

焦るラウルにいたずら心が刺激され、アメリは手を伸ばす。熱くなったそこにアメリの手がそっと触れると、ラウルは大げさに肩を震わせた。

「あっ、……う……ぅ……」

アメリが指先でそこをなぞると、ラウルは短く熱い息を吐く。ラウルはアメリの指から与えられる刺激を享受し、わずかに腰を揺らしながら懇願するように彼女を見つめた。

「アメリ……っ」

「……ラウル」

与えられた刺激に興奮し、切なげに名を呼ぶラウルの声を聞いて、アメリの興奮も高められていく。アメリがラウルの期待の目に応えて彼のズボンの前をくつろがせると、そこからすでにしみを作った下着が現れた。

(こんなつもりじゃなかったのに……)

アメリがラウルを部屋に上げたのは、別れを惜しむ彼ともう少しだけ一緒にいたいと思ったからだ。けっしてこの展開を望んでいたわけではないのに、アメリの体はラウルを欲している。

(私、こんなつもりじゃ……)

こんなつもりじゃなかったと言い訳しながらも、アメリは手を止められなかった。ラウルの下着をずらし、勢いよく飛び出した雄々しくたぎる陰茎に目が釘づけになる。顔に似合わない、凶悪とも言えるほど太く長い反り勃つ逸物《いちもつ》に、アメリはごくりと生唾を飲んだ。

「アメリ……っ、さ、触ってくれ……」

「……私が？」

「アメリに、触られたいっ」

アメリはラウルの懇願に胸をときめかせ、そっと彼の陰茎を手で包み込む。片手におさまらないそれをゆっくりと手を動かして擦ると、ラウルは気持ちよさそうに声をもらした。

「う、ぅ……っ……あ、ぁ……っ」

ラウルは美しく整った顔をアメリに与えられる快楽にゆがませる。とろけた表情で喘ぎ、手の動きに合わせて腰を揺らすラウルを眺めながら、アメリも興奮していた。

アメリはラウルから目が離せなかった。さらには、触れられずとも秘部はぬれ、下腹部が甘く疼いている。

「……ぁ、アメリ……っ」

「ラウル……気持ちいいの？」

「……うっ、うん……だから、アメリ……その、私は、もう……っ」

切なげな声と懇願するような目で求められ、アメリはぞくりとする。ラウルの言葉を信じるのなら、彼がこのような顔を見せるのはアメリだけだ。

「そうね」

アメリは手の内でびくびくと震える彼の陰茎を見つめ、それに与えられる快楽を思い出して小さくうなずく。アメリはソファから腰を浮かし、ラウルの向かいに移動した。アメリがスカートをたくし上げると、ラウルは待てないといったように手を伸ばして彼女の下着を脱がせ始める。

「あ……アメリ……っ」

ラウルはぎらぎらと目に情欲を宿し、アメリを欲しいとうったえていた。アメリはその目に見つめられて恍惚《こうこつ》と息を吐く。

「ん……っ」

ラウルの指が秘部に触れ、アメリはスカートの裾を握る指にわずかに力が入った。割れ目をなぞり、あふれた愛液を指に絡ませながら、ラウルは彼女の中へと指を滑り込ませる。

「はあ、ん……っ」

節くれ立つ指が中を擦り、外の蕾を押しつぶす。好いところを擦られ、腰を揺らしながら甘い声を上げる艶《なま》めかしいアメリの姿を、ラウルは目をそらさず見つめていた。

(恥ずかしいのに……)

大胆なことをしているという自覚がアメリにはあった。しかし恥ずかしいと思いながらも、快楽を覚えた体はそれを欲して止められなかった。

「……あっ……ラウル……」

アメリが名を呼ぶと、ラウルは手を止めて指を引き抜く。急いで避妊具をつけるラウルを見下ろしながら、アメリは短く熱い息を吐いてソファに乗り上げた。

(こんなこと、初めて……)

アメリは自分からけしかけたのはこれが初めてだ。思い返せば自ら進んで触れたことも、欲しくてたまらなくて自らまたがったことも、ラウル相手が初めてだった。

「アメリ、アメリ……っ」

どうしようもないほどにアメリが欲しい。そう顔に書いてあるラウルは彼女の腰をつかんで引き寄せる。それに逆らわずにほほ笑んだアメリは、割れ目に先端を押しつけられると、自ら腰を落としてそれを咥え込んだ。

「……あぁ……っ」

奥深くまで届き、中を埋め尽くす熱と大きさに恍惚《こうこつ》とした声をもらす。アメリはラウルの背に両腕を回し、ぴったりと体を寄せて欲のままに腰を揺らした。

「あ、ん……っ」

「あっ、……うぅ……っ」

とろけた表情で淫らに腰を揺らすアメリを見上げ、ラウルはさらにたぎって息を荒くする。もっと深くつながりたい、もっと淫らな姿を見たい。まるでそう考えているかのように。

「あ、……っ、うぁ、っ……」

ラウルが動きに合わせて突き上げれば、アメリは甘い声を上げて艶《なま》めかしく身をよじった。

中がうねりながらラウルのそれに絡みつく。ラウルが大きな声を上げそうになって慌てて片手で口を押さえると、アメリは彼の首筋に顔を埋めてささやいた。

「……ラウル……」

「う……っ」

「……あなたのその声、好きなの……っ、聞きたい……」

「う、……あ、ぁっ」

ラウルは顔を真っ赤に染め、アメリの言葉に素直に従い、口を押さえていた手をうれしそうに離した。

「はぁ……っ」

ラウルはアメリの腰をつかむと、ぐいぐいと下から腰を押しつけて奥を攻める。アメリがしがみつくように抱きつくと、二人は唇を重ねて舌を絡ませ合いながら深く口づけをする。

「あ……んんっ」

「うぅっ……あ……っ」

アメリが絶頂を迎えて体を震わせると、ほぼ同時にラウルも小さく喘ぎながら達した。

「はぁ……」

アメリが薄い膜越しに吐精されるのを感じながら快楽にほうけていると、ラウルがつながったままの彼女を抱き上げる。

「んん……っ」

そのまま反転し、ソファに寝かされ楔を引き抜かれたアメリは、体を震わせながら小さく声をもらした。割れ目から愛液があふれる様を、息を荒くして見つめながら、ラウルは薄い膜を剥《は》ぎ取り、再び首をもたげている自身に避妊具を取りつけ直した。

（あぁ……すごい……）

アメリは両脚をだらしなく投げ出しながらラウルを見上げ、その雄々しい男に下腹部を甘くうずかせる。熱を欲して誘うように震える割れ目を見つめて生唾を飲んだラウルは、とろけた表情で彼を見つめるアメリを見下ろしながらその脚を大きく開かせた。

「あ……っ」

アメリは開かれた脚の間、秘裂から大きな楔を埋め込まれて恍惚《こうこつ》と息を吐いた。最奥まで届いたそれは息つく暇もなく引かれ、すぐに最奥に押しつけられる。それを何度も繰り返し、遠慮のない激しい抽送がアメリの中を擦り、奥を突いた。

「ん……うん……っ、あぁ……っ」

「あっ……あ、あ……アメリ……っ」

アメリが強烈な快感に腰が逃げそうになると、ラウルは名を呼びながら彼女の腰をつかみ、その体を貪る。美しい顔をゆがませ喘ぎながらも目にはぎらぎらとした情欲を浮かべ、たくましい体は抵抗をものともせずアメリを逃さなかった。

「あっ、あっ、ぁ……っ」

アメリは再び絶頂を迎え、嬌声を上げた。果てを促すように震える中を、ラウルは止まることなく抽送し続ける。

「ひっ……イってっ、イってるのっ……止ま……っ、っあ、あぁっ」

痙攣《けいれん》する中をラウルの剛直が擦り上げ、アメリは悲鳴のように喘ぐ。ラウルは達し続けるアメリの体を貪り、腰を浮かして背を反らした彼女の体を抱きしめると、腰を押しつけ最奥に自身を擦りつけながら吐精した。

二人の荒い息が部屋に響く。奥深くまでつながり、ぴったりと体を寄せ合って快楽を共にし、その高みに昇りつめた二人はほうけた表情で見つめ合っていた。

「……っ……はぁ……」

ラウルは荒い息を整え、アメリを離して彼女の中からゆっくりと抜け出す。ラウルはほうけた表情でソファに身を預けるアメリの姿を見ていたが、すぐにハッとなって目をそらした。

「……ラウル」

「えっ、あ、アメリっ」

「私の下着は……？」

「あっ……ご、ごめんっ」

ラウルは慌てて自分の下着を引き上げ、ズボンも引き上げて服を正す。ソファの周りを見回し、床に放り捨てたアメリの下着を見つけて拾い上げると、ソファから動かないアメリのもとに跪《ひざまず》いた。

ラウルはアメリの脚をそっと持ち上げて、下着を穿かせる。すると、さきほどまで彼を咥え込んでいたそこがぱっくりと開き、とろりと愛液をあふれさせた。

（……あ）

ラウルはつい凝視し、再び彼自身が首をもたげる。その視線を感じたのか、アメリは少し低い声で苦言を呈した。

「……そんなに見ちゃいやよ……」

「うぇっ!?　ご、ごめん！」

「……ふふ」

顔を真っ赤にしたラウルを眺めながらアメリは小さく笑う。ただ下着を取ってほしかっただけだが、甲斐甲斐しく穿かせてもらって少し気恥ずかしい。

アメリはスカートをおろして軽く服を正すと、ソファに座り直してラウルを隣に誘った。

「ごめん、アメリ……あんなにするつもりじゃなかったんだ……」

「あんなにって？」

「それは、えっ……その……」

「ラウルが謝ることなんてないでしょう？」

少し意地悪く首をかしげるアメリを見たラウルの顔は真っ赤だ。アメリはしどろもどろに口ごもるラウルにほほ笑む。

「すごく、よかったもの……」

「……そっ、そうか……！」

アメリの言葉を聞くなり、ラウルは表情を明るくした。いままで勃たなくなったことで喪失していた男としての自信はよみがえり、いま、より強固なものとなったようだ。

「これからも、がんばるな……！」

「えっ、……ええ……」

意気込むラウルに対し、アメリは頬を赤く染めながらうなずく。アメリはがんばらなくてもいいと言いそうになったが、とっさにそれを呑み込んでしまった。

（……だって、あまりにも魅惑的な体だし……）

力強い腕にたくましい胸、なによりアメリを最高の快楽に導く雄々しい逸物《いちもつ》。魅惑的なそれらにアメリはすっかり魅了されていた。

（それに……）

それの魅力もさることながら、アメリはもう一つ魅了されていることがある。

（この人、なんだかかわいいのよね。男の人にかわいいなんて……でも、かわいいし……）

アメリはラウルの素直すぎる反応はもちろんのこと、口下手なところすらもかわいく思えるほどになっていた。そんなアメリの隣では、ラウルがまだまだ元気な自身を落ち着かせようと必死だった。

ラウルがごまかすように腹に力を込めると、ぐぅ、と低い音が部屋に響く。その音に反応してアメリは不思議そうに顔を上げる。彼女の視線を受けてラウルは顔を真っ赤にし、片手で腹を押さえた。

「えっ、いまの……お腹の音？」

「あっ、いや！　その……えっと……」

「ラウル、お腹すいたの？」

「……う、うん……」

アメリの目には、ラウルがまるでいたずらがばれて耳が垂れ、尻尾を垂らした犬のように見えた。なにも悪いことなどしていないだろうに、アメリはラウルのそのさまがいじらしく、かわいらしく見えて仕方がない。

「でもっ！　……まだ帰りたくない……というか……」

まだ帰りたくない、その言葉にアメリは胸を打たれた。きゅんとする胸に手を当てるアメリの様子をどのように受け取ったのか、ラウルは必死に言い訳のように言葉を続ける。

「腹は別にすいていない……こともないけどっ！　そんなにすいていないから！　だから……私は、もうちょっとアメリと一緒に……っ」

ラウルは一緒にいる時間を引き延ばそうと、必死に空腹をごまかしている。その彼の必死な様子がますますかわいく思えてアメリはくすりと笑った。

「……ラウル、なにか食べていく？」

「えっ、いいのか!?」

「といってもなにもないから、いまから作ることになるけれど……」

一人暮らしで日中働いているアメリは、朝のうちに夕食の準備を済ませることが多い。だが昨夜はさんざん体を重ねたため、今朝はまったく時間が取れず、準備などなにもできていない。幸い食材は家で保管しているものがいくつかあるため、簡単なものならそう時間もかからずに作れるだろう。

「じゃあ……アメリ、私も手伝っていいか……？」

「え？　ラウル、料理できるの？」

アメリは驚きに目を丸くする。アメリの父親は料理をしなかったし、エドガールは家に招いたときは食べるだけ、手伝いたいと申し出ることなどなかった。友人知人から聞いた彼女らの夫や恋人の話もたいてい同じで、料理人を除けばアメリには男性が料理をする印象がまったくなかった。

「うん。足手まといにはならない……と思う」

「でも、お客さんに手伝ってもらうのは悪いし」

「一緒に作っているほうが、アメリの近くにいれるから……だめかな……」

不覚にもアメリはその言葉に再び胸をきゅんとさせてしまい、胸を押さえる。結局、アメリはラウルの申し出にうなずき、二人で食事を作ることにした。

「じゃあ……こっちの食材を切っておいてくれる？」

「ああ！」

ラウルは意気揚々と調理に取りかかった。

足手まといにはならないとの言葉はうそではないようで、アメリはラウルの手際のよさに感心する。負けじとアメリも調理に取りかかり、二人はあっという間にあり合わせの食材で簡単なスープを作った。

「ラウル、すごい。料理上手ね」

「子どものころから、家事は私の役目だったんだ。特に料理は好きで……」

聞くところによると、ラウルは幼いころに母親が他界し、父親と二人暮らしの生活で家事は彼の仕事だったようだ。おいしい料理を作ると父親が大きな手で頭をなで、よくやったと褒めてくれるのがうれしくて懸命に励んだらしい。

「料理が好きなんだ」

「……あっ、言ってしまった……！」

おかげでラウルは料理が得意になり好んでもいたのだが、以前の同僚らから女々《めめ》しいと笑われるのが嫌で、そのことは誰にも言わなかったそうだ。しかし、アメリに対しては気がゆるむようで、うっかり口にしたことに気づいたラウルは、彼女の反応をおそるおそるうかがう。

「ラウルは子どものころからお手伝いしていたの？　すごい、えらいのね」

「……へへ、ありがとう……」

アメリに褒められ、ラウルは頬を赤く染めてはにかむ。そのままにこにこしながらスプーンを口に運ぶラウルを眺め、アメリはほほ笑ましい気持ちになった。


それから軽い会話をしながら食事を楽しみ、同じ時間を過ごしているうちにあっという間に夜は更けていく。明日のことを考えるとラウルは帰らなければならず、アメリはしょぼくれる彼を玄関まで見送りに出た。

「アメリ……じゃあ……」

ラウルは暗い表情で別れの挨拶を口にした。まるでこの世の終わりかのような表情と声にアメリは苦笑いする。

「また、明日もきてくれるんでしょう？」

「うん……会いたいから……」

アメリにはとても新鮮だった。エドガールが自分からアメリのもとにやってきたのは店に用があるときだけで、用がなくともただアメリに会いたいからと足を運んだのはラウルが初めてだ。

（……私に会いたいから）

アメリは少しくすぐったいような気持ちになり、不安げな目で彼女を見つめるラウルが不思議とかわいく見えてくる。

「だから、また明日」

「……また、明日」

ラウルは諦めて足を動かす。だが、ラウルは二、三歩離れたところでなにを思ったのか突然足を止めて振り返り、アメリをじっと見つめた。その視線を受けたアメリは不思議そうに首をかしげ、声をかける。

「どうしたの、ラウル？」

「あの……アメリ……」

「うん？」

三歩戻ってきたラウルは口を開くものの、そこから声はなかなか出てこない。じれったくなったアメリが促すとラウルはぽっと頬を赤く染め、少し恥ずかしそうに小さな声でお願いを口にした。

「今日はもう終わり、だから……キスしていいかな……？」

「……え？」

「いやっ、えっと……嫌ならいいんだ！」

アメリがその言葉に目をしばたたかせると、ラウルは顔を真っ赤にしてごまかすように両手を振った。アメリは突然のことに驚いただけだが、ラウルは彼女の反応を、拒絶とまではいかなくとも快く思っていないものだと思い込んだようだ。

（キスくらい……）

口づけ以上のことをしておきながら、最中にも口づけておきながら、なぜわざわざここで許可を求めた上に照れるのか。アメリはラウルの反応がおかしくて小さく笑う。

「ふふ。……ラウル」

「えっ、あ……」

アメリはラウルの名を呼ぶと、それ以上はなにも言わずに目を閉じて唇を差し出した。ラウルはよろこびを隠そうともせず、アメリの両肩をつかんでその唇に自分の唇を重ねる。触れるだけの口づけを交わし、ラウルは触れた唇のやわらかさにうっとりと息を吐いて満面の笑みを浮かべた。

（……かわいい人）

アメリは些細なことでもこうして素直によろこびを表すラウルが愛おしかった。燃えるような恋ではなくても、アメリの心に小さな恋心が芽吹こうとしていた。

「……おやすみなさい、ラウル」

「ああ、アメリ、おやすみ！」

ラウルは大きな声で別れの挨拶をし、背を向けてゆっくりと歩き出す。アメリは何度も振り返り大きく手を振るラウルを見送りながらほほ笑み、その姿が見えなくなってから扉を閉めた。

◆

街の明かりが届かない王都の一角には暗く淀んだ空気が漂い、誰も住んでいないであろう朽ちた建物が並んでいる。五年前の魔物襲撃事件で一番被害が大きかった場所で、復興が追いつかないまま未だに癒えない傷跡の一つだ。

雲の多い空には細い月が浮かんでいる。ゆっくりと流れていく雲が月を覆い隠したとき、一つの廃屋の近くに複数の影が現れた。その廃屋の壁は飛び散った血の跡やすすで汚れ、屋根が崩れ落ちて一部が吹き抜けている。およそ人が住めるような環境ではない。

しんと静まり返る空気の中、影の一つが片手を上げるとほかの影たちが音もなく移動する。影たちが廃屋を囲い、影の一つが手を振り下ろすと同時にほかの影が一斉に廃屋へと突入していく。物々しく扉が開かれる音が響き、複数の足音がなだれ込んでいった。

しかしそれもつかの間のことで、闇夜には再び静寂が戻る。廃屋の中に明かりが灯され、光に照らされた影たちがその姿をあらわにした。

「こちら障害なし」

「こちらも障害ありません」

「対象、確認できませんでした」

廃屋に突入した影はすべてが王都警備隊特務班の隊員であり、その中にラウルの姿もあった。隊員の報告を確認した上で廃墟に足を踏み入れたアドリアンは舌打ちして中を見回す。

「……ちっ、逃げられたか」

「出ていく姿はなかったはずですが……」

エドガールの潜伏先であるこの廃墟を突き止め、最後に姿を確認したのは数時間前のこと。それから特務班隊員数名で監視し続けたが、廃墟に出入りする人間はいなかったはずだった。

「こいつのせいだろうな」

アドリアンは床に転がる道具を一つ拾い上げると、大げさに肩をすくませる。魔道具に少量の魔力を注ぐと、それは人一人を映せる鏡のような魔法を発動させた。一般的に売られている魔道具にはこのような性能のものはなく、特別に作られた魔道具だ。

「はぁ。まったく……便利な魔道具だな」

アドリアンは魔力を使い切って効果が消えた魔道具を片手に頭を押さえた。その隣でラウルも難しい顔で魔道具を眺め、内心で怒りを燃え上がらせている。

(エドガールのやつ……どこに逃げたんだ！)

ラウルは上官であるアドリアンとほかの特務班隊員と共に任務にあたっていた。それは闇夜に紛れ、エドガールの潜伏先と思われる廃屋への突入作戦だ。突入自体は成功したものの、廃屋にはすでにエドガールの姿はなく、いくつかの魔道具が残されていただけだった。

エドガールを捕まえられなかった以上、作戦は失敗だ。だが失敗だからといってここで立ち止まるわけにもいかない。アドリアンはすぐに状況を判断し、ほかの隊員に指示を出す。

「クラメールとアザールはこれらを回収し、ほかに対象の痕跡がないか確認しろ」

「はい」

「クルトゥワとガシェは辺りを捜索」

「はい」

「ルノーはついてこい」

「っ、はい！」

ラウルは声をかけられてすぐにアドリアンのあとを追う。廃屋から出たアドリアンはラウル以外の二人が離れたことを確認すると、雲に覆われた空を見上げてため息をついた。

「ルノー、おまえは明日休みだ」

「……へっ？」

ラウルは突然の休暇宣言に間の抜けた声をもらした。かならずエドガールを捕まえてやると意気込んでいたラウルにとって、休暇は望まぬものだ。ラウルはその気持ちを口にしようとするが、その前にアドリアンが言葉を続ける。

「あの魔道具を見ただろう？」

「っ、……はい……」

床に転がっていた魔道具は一般に出回っているものではなかった。ここに隠れ潜んでいた人物のことを考えると、それらはアメリが作りエドガールに贈ったものだろう。もちろんアメリは恋人が反国家組織の一員だとは思いもせず、ただ恋人によろこんでほしいという純粋な気持ちだったたはずだ。

（あいつ、アメリの気持ちをこんなことに……絶対に、絶対に許さないからな……！）

ラウルはさらにエドガールへの怒りを燃やす。アメリは魔道具師としての仕事を誇りに思い、人々の生活に役立つために日々励んでいたし、エドガールを愛していたからこそ彼に魔道具を贈っていた。

そんなアメリの想いを利用し、彼女が作った魔道具を悪事に用いていることは決して許せない。

だからこそ、ラウルはエドガールを捕まえるためにも休むつもりなどなかった。

「逃げ回っている身だからな、もう余裕はないはずだ。ここに残されている魔道具の数からして、そろそろ手がなくなっているころだろう」

「それはそうでしょうけど……あっ」

ラウルはアドリアンの意図が理解できて言葉を切る。エドガールは元々この国の人間ではなく、身寄りはいない。特別親しい友人もなく、仕事はクビになって付き合いもない。元婚約者のレイラは国が抱える魔法使い、国から追われている身で間違っても近づくことはないだろう。

（アメリ……！）

となれば、最後の望みで元恋人であるアメリに接触しようとする可能性があった。

「ルノーは不自然にならないように、そばで対象の動向を探れ」

エドガールのことは、彼が属している組織に動きを悟られぬよう、徹底して情報が規制されている。そのため、アメリにはエドガールの情報は伝えられない。

そんな中、アメリの恋人というラウルの立場はとても有用なものだ。ラウルはその立場を利用することに複雑な気持ちではあったが、その立場だからこそ最前線でアメリを守ることができる、そう思うことで気合が入った。

「……わかりました！」

「よし。なら、今日はさっさと休め」

強い意志を目に宿し、しっかり返事をしたラウルにアドリアンはうなずいた。そのまま駆け出したラウルを見送ると一旦廃屋に戻って状況を確認し、ほかの隊員に指示を出してその場を離れた。

「……さて、と」

アドリアンは協力者のもとに向かうため、一人夜道を歩き出した。王都の至るところに魔道具の街灯が整備され、夜でも光が道を照らしている。

そんな中を歩くアドリアンの影は伸びては縮み、また伸びては縮み、時折消えてまた現れる。それらを繰り返しているうちに、アドリアンはジュスティーヌの店にたどり着いた。

店の裏手に回ったアドリアンは、カーテンが閉められた窓を軽くたたく。するとすぐにカーテンが開かれ、ジュスティーヌが窓越しに現れた。

アドリアンが窓をのぞき込んで口の端を上げて笑うと、眉間にしわを寄せたジュスティーヌはさっとカーテンを閉める。

「……機嫌が悪そうだな」

笑ったアドリアンが空を見上げると、雲の合間から細い月が現れていた。

しばらくして裏口の扉が開かれ、ジュスティーヌが目でアドリアンを中へと促す。中に入るとすぐに扉が閉じられ、月も再び雲に隠れた。

「……どうだったの？」

魔道具で明かりを灯すと、ジュスティーヌは頭を押さえて近くの椅子に座り込む。目の下にくまを浮かべながら疲れた声で問う彼女を前に、アドリアンは肩をすくめた。

「これが、な」

アドリアンがさきほど回収した魔道具を投げて渡す。ジュスティーヌは答えを理解したようで、受け取った魔道具を眺めながら深く息を吐いた。

「……うちのかわいい弟子が、優秀すぎたわね」

「まったくだ」

魔道具はエドガールの潜伏先で発見されたものだ。アドリアンはその出どころがエドガールの元恋人だと推測していた。ジュスティーヌの反応からして、その推測は正しかったようだ。

魔道具を想定していた用途以外で使用し、王都警備隊、しかも特務班から逃れたエドガールの手腕は悪い意味で優秀と言えるだろう。

「やれやれ、将来が楽しみだよ」

「……言っておくけれど、私はあの子にこんなことをさせる気はないからね！」

ジュスティーヌは魔法使いとして、魔道具師として裏で王都警備隊に協力している。そのことを知る者は関係者のみ、弟子のアメリも知らないだろう。

「いや、そういうつもりではないが……まぁ、それは本人が決めることだろう」

「それはそうだけれど……」

アメリの新しい恋人は王都警備隊員、それもアドリアンの部下だ。恋人のために協力を選ぶ可能性はある。

「私と同じようにならなければいいのだけれど」

「それは……」

ジュスティーヌはまるで古い記憶を振り払うように首を横に振り、小さくため息をついた。アドリアンはなんとも言えずに肩をすくめる。

「……ともかく！　捕まえられなかったというのなら、急がないとね！」

「悪いが、引き続き頼む」

「ええ、もちろんよ！」

ジュスティーヌは力強くうなずく。彼女は作業に戻ろうと急いで立ち上がったが、そこで足元をふらつかせた。

「あっ」

「おっと」

アドリアンが倒れそうになるジュスティーヌを受け止める。ジュスティーヌは目を丸くし、すぐに不機嫌そうに眉根を寄せた。

「……ありがとう」

「って顔じゃないがな」

アドリアンは怒るでもなく軽快に笑い、ジュスティーヌは急いで体勢を立て直す。ジュスティーヌの髪の合間からのぞく耳が少し赤くなっているのに彼は気づいていたが、そのまま作業部屋へと駆け込む彼女の姿をなにも言わずに見送った。

◆

夜が明けて朝の陽が窓から差し込む中、アメリは穏やかな気持ちで目が覚めた。

エドガールと別れてからというもの、毎日暗澹《あんたん》たる思いで朝を迎え続けていたアメリにとって、久しぶりに晴れやかな朝だ。

ベッドの上に寝転がったまま、見慣れた天井の模様を眺めてぽつりと一言つぶやく。

「……なんだか、今日はいいことがありそう」

理由もなくそう思えるほど、アメリはとても気分がよかった。両手を組んで体をぐっと伸ばし、ベッドを降りて身支度を始める。冷たい水で顔を洗い、頭がすっきりとしたアメリは鼻歌を歌いながらキッチンへ向かった。

「今日はなににしようかな……」

朝食を用意しようとしたところで、きれいに洗われた鍋がアメリの目に映る。昨夜、ラウルと共にスープを作ったときに使用した鍋だ。食後の片づけまで申し出たラウルが洗った鍋は、文句なしのぴかぴかの仕上がりだ。

（ラウルって王都警備隊の英雄様な上、家事もできて家庭的っぽいし……顔がいいし、体もいい、性格もやさしいし、なんだかかわいくて……）

いいところをつらつらと並べあげると、非の打ち所がないように思えた。アメリはそんな男性に強く求められたことを思い出し、頬が熱くなって両手で覆う。

「私だけ……かあ……」

アメリはぽつりとつぶやいたあと、口元がゆるんでいることに気づいて慌てて朝食作りに取りかかった。簡単な朝食をとり支度を終えたアメリは、意気揚々と魔道具店に向かう。見上げた空は雲一つなく晴れ渡っていた。

「先生、おはようございます！」

アメリは店の裏口から入り、元気よく挨拶をした。いつもならジュスティーヌがアメリの声に反応して笑顔で出迎えるのだが、今日はなんの反応もない。

「……あれ、先生？」

アメリは不思議そうに首をかしげ、声をかけながらジュスティーヌの姿を探す。店内のどこにも姿は見えず、アメリは隣の作業部屋をのぞき込んだ。

「……先生？」

作業部屋のカーテンは閉められたままで薄暗く、空気はよどんでいる。アメリはその異様な様子にひるむことなく、部屋に足を踏み入れ大股で奥へ進んだ。

「先生！」

アメリが声をかけた先、作業台には頭から突っ伏しているジュスティーヌの姿があった。ジュスティーヌが呼びかけに反応することはなく、アメリは彼女のそばまで寄るとその肩を強めに揺する。

「先生、先生ってば……」

「うぅん……」

するとジュスティーヌは意識を取り戻し、小さくうなりながら頭を上げた。その顔色はとても悪い。

「先生……」

額に手を当て痛みに耐える様子を見せるジュスティーヌに対し、アメリは心配そうな様子——ではなく……

「……また魔道具の開発で徹夜しましたね？」

「う……っ、やだ、怒らないでアメリ……」

半眼になってあきれたような様子で声をかける。ジュスティーヌは目をそらした。まるでいたずらが見つかった子どものように落ち込む師を前に、アメリは腰に手を当ててため息をつく。

「もう。夢中になるのはわかりますけど……あんまり無理しないでくださいね」

「ええ……やっぱり、この歳で二徹は厳しいわね……」

「先生、なに言っているんですか……って、二日も徹夜したんですか!?　ちょっと、いますぐ休んでください！」

「そうはいかないの。急ぎの案件だから、今日中には作り上げないと……」

ジュスティーヌが困ったように笑うのを見て、アメリは表情を曇らせる。経験上、師がこう言っているときは止めることなどできないとわかっていた。

「もう。……終わったら、ちゃんと休んでくださいね」

「ええ。それでね、アメリ。急で申し訳ないのだけれど……集中したいから、今日は店を休みにしたいの」

「わかりました」

ジュスティーヌが、自分が大切にしている店を休みにしてまで急いで作らなければならない魔道具とはなんなのか。魔道具師としても興味が湧いたが、アメリはその好奇心を抑えて急遽休業の準備をし始めた。

店の前の看板に休業の知らせを貼り出し、カーテンを閉める。軽く店内を清掃し終えると、再び作業部屋をのぞいた。ジュスティーヌは作業部屋で一心不乱に魔道具の製作にとりかかっており、アメリは一息つけるようにと飲み物を用意する。

「先生。よかったらこれ、どうぞ」

「まあ！　ありがとう」

アメリは邪魔にならないように作業台の端にトレイを置いた。ジュスティーヌは顔を上げてアメリに笑顔を向け、ポットから紅茶を注いで一口飲むとほっと息を吐く。

「そうだわ、アメリ。夕方、ラウルくんと一緒に顔を見せてくれない？」

「わかりました。そのとき、なにか差し入れ持ってきますね」

「ありがとう、うれしいわ！」

「それじゃあ、また夕方きますね」

「ええ、お願いね」

小さくほほ笑んだジュスティーヌはカップを作業台に置き、すぐに作業に戻って没頭する。アメリはその様子に苦笑いし、店をあとにした。

（ううん……今日はどうしようかな……）

アメリは突然手に入れた休みになにをしようかと悩む。恋人も友人も仕事だろうとまで考えたところで、ジュスティーヌの言葉に違和感を覚えて立ち止まった。

（あれ、どうしてラウルと？）

休みになったのはついさきほどのこと、もちろんこれからの予定などない。だがジュスティーヌはまるでアメリがこれからラウルと一緒にいるような言い方だった。

（……あ、今日も迎えにくるって言っていたわね。だからかな）

アメリは昨日のやり取りを思い出して納得する。まだ朝早いためいったん部屋に帰ろうと思い、再び足を動かそうとしたところで、後ろから声をかけられた。

「あっ……アメリ！」

その声に聞き覚えがあったアメリは、不思議に思いながら後ろを振り返る。そこには帽子をかぶり、度の入っていない大きな眼鏡をかけたラウルが立っていた。

「えっ、ラウル？　どうしてここに……仕事は？」

「今日は、えっと……休みなんだ」

ラウルは少し言葉につまりながらもそう話す。

ラウルが王都警備隊の隊服ではなく私服姿であることから、アメリは彼の言葉に偽りはないことがわかったが、東区に住むラウルが朝早くに北区にいることは不思議だった。それが表情に出ていたのだろう、ラウルは少し慌てたように言葉を続ける。

「だから、えっと……ちょっと、アメリの姿が見たいなって思って……」

ラウルはとても気まずそうだ。ここは店からさほど離れておらず、がんばれば窓から中の様子がうかがえるかもしれない。

「……ラウル、今日は予定はないの？」

「あっ……うん」

「じゃあ、一緒に出かけない？　急だけれど、私も休みになったの」

ラウルは驚いて目を見開いたが、すぐに頬を赤らめて満面の笑みを浮かべた。そんな素直なラウルの笑顔を見て、アメリはくすりと笑う。

「うん、一緒に出かけたい！」

「じゃあ、いったん部屋に戻って準備したいから……待っていてくれる？」

「ああ！」

「どこかで待ち合わせしようか」

「うん！　……あっ」

ラウルはにこにこ笑顔のままうなずいていたが、なにかに気づいたように声を上げた。アメリが不思議そうに首をかしげるとラウルは少しうつむき、上目でおそるおそるといったように問いかける。

「あの、アメリの部屋で待っていてもいいか……？」

「え……」

「迷惑にならないようにするから……」

まるで子犬のような目でお願いされ、アメリは思わずうなずいてしまった。

許可を得たラウルは、尻尾があれば風を切る勢いで振っているほどによろこぶ。しまったと思いつつも、それほどまでによろこぶラウルに悪い気がしないアメリは、彼を連れて部屋に戻った。

「じゃあ、ちょっと待っていてね」

「ああ！」

ラウルは部屋の中に招き入れられ、昨夜座っていたソファに再び座る。アメリは飲み物を用意し、隣の部屋に入って準備をし始めた。

◆

(またアメリの部屋に入れるなんて！　しかも、アメリとデートできることになったし！)

ラウルは一日中、店の外に突っ立ってアメリを見守る気であった。しかし、開店前にアメリが店から出てきて驚き、さらにそのまま帰ろうとしていることに気づいて慌てて声をかけたのだ。

その結果アメリとデートできることになり、ラウルの機嫌はうなぎのぼりだ。

(はあ、カルノー隊長のおかげだ。なんで休みって体《てい》なのかなって思っていたけど……まさか、アメリも休みになるなんて！)

不自然にならないようにとアドリアンに指示されていたというのに、ラウルの行動はかなり不自然だった。アドリアンが休みにしたのは、ラウルの行動などお見通しだったからなのかもしれない。

(うれしいなあ……はっ！　いやいや、ちゃんとアメリを守らないと！)

浮かれていたラウルだが、アドリアンの指示を思い出して気を引き締め直す。残されていた痕跡からしてエドガールは逃走の手段がなくなり、そろそろ追い詰められているころだろう。エドガールがアメリに接触し、彼女を巻き込もうとすることだけは阻止しなければならない。

(これはただのデートじゃない。アメリの安全のための……そう、護衛だ……！)

エドガールは王都警備隊から追われる身。本人も自覚があるだろうから、日中に堂々と姿を現す可能性は低い。となると、アメリが一人部屋にこもっているより、共に人目につく場所にいるほうが安全だ。ラウルはうわつく心を抑えるため、自分に己の使命を言い聞かせていた、が。

「ラウル、おまたせ」

「あっ、……アメリ！」

支度を終えて部屋から出てきたアメリを一目見て顔を赤らめ、胸を高鳴らせた。

「アメリ……なんか、すごく、すっごくかわいくてきれいだ！」

白のブラウスは清楚さと可憐さを引き立たせ、編み込みでまとめ上げられた髪は落ち着いて見える。ラウルの目の色と同じ色の宝石が埋め込まれた花の髪飾りがよく映えて、ラウルはそれがとてもうれしかった。

「ふふ、ありがとう」

ラウルの飾らないほめ言葉にアメリは小さく笑った。その笑顔を見るなりラウルは胸がますます高鳴り、直視できなくなって目をそらす。

「うぅっ、……生きていてよかった……！」

「……大げさすぎじゃない？」

アメリは半分あきれたような声だったが、ラウルはまったく気にしなかった。そのまま動きそうにないラウルにしびれを切らし、アメリは強引に腕を組む。

「ほら、行きましょう？」

「あっ、うん」

ラウルは促され、アメリと共に部屋を出た。恋人と腕を組みながら街を並んで歩く、ラウルが一度どころか何度も夢見ていた、涙が出そうなくらいうれしい状況だ。

「どこに行こっか」

「あっ、えっ、えっと……」

しかし、アメリの問いにラウルは頭の中が真っ白になる。アメリ以外に恋人ができたことのないラウルにはもちろん恋人とのデートなど経験がなく、せいぜい女性と食事に出かけたくらいだ。

（どうしよう……なにも思いつかない……）

事前にデートの日付が決まっていればまだ計画を立てる余裕があっただろうが、突然のことでなにも思い浮かばない。慌てるラウルに対し、アメリは助け舟を出すようにやさしく声をかけた。

「ラウルはしたいことはある？」

「したいこと……」

「欲しいものとか、見たいものとか」

「欲しい……見たい……ううん……」

ラウルはうんうんとうなりながら悩み始める。アメリはその様子を見つめて、急かすでもなく待つ。頭をひねり、うなりながら首をかしげ、そしてラウルが導き出した答えは――

「えっと……服が、見たい……」

ラウルは今日のアメリの姿に感動していた。ラウルの語彙力ではかわいい、きれいとしか言葉が出てこなかったが、着飾ったアメリは最高にかわいくてきれいだ。

かわいくてきれいなアメリの姿をほかにも見たい、そんな気持ちのこもったラウルの答えにアメリはにこりとほほ笑む。

「いいわね。じゃあ、一緒に見て選びましょう？」

「ああ！」

二人は笑顔でうなずき合うと、腕を組んだまま並んで歩き出す。ラウルはアメリのいろんな姿が見られると胸を躍らせていた。

その後、二人は王都のとある仕立屋に入った。

「……あれ？」

ラウルはいまの状況に疑問の声をもらした。目に映るのは楽しげに笑うアメリと、愛想よく笑う男性の店員、そして鏡に映る着せ替えられた自分の姿だ。

（おかしい……私はアメリの服が見たいって思っていたはずなんだけど……）

アメリが案内したのは、紳士服の仕立屋であった。それに気づかないまま店に入ったラウルは口を挟む間もなく採寸され、そのまま試着用の服で着せ替え人形と化していた。

「あの、アメリ……」

「ラウル、次はこれを着てみてくれない？」

ラウルは正直自分の服などどうでもよかったが、アメリが楽しそうに笑っているものだからなにも言えなかった。言われるがままに彼女が勧める服に袖を通す。

「ラウルって本当になんでも似合うのね！　次、これを着てみて」

「あ、うん」

「華やかでとてもいいわね……！　次、これも着てほしい」

「う、うん」

「これは上品な雰囲気ですてきね……！　次、これはどうかしら」

「うん」

「これもよく似合う！　ラウル、格好いいわね！」

「すてき……格好いい……へへ……」

アメリが褒めるので、ラウルは口元が緩んでいく。褒められるうちに、まんざらでもなくなっていた。

「……これが一番すてきね……」

「そ、そうか？」

アメリは頰に手を当て、うっとりしながらつぶやく。ラウルはその言葉に目をかがやかせ、姿見に視線を移した。

試着用のためか多少肩まわりが苦しいが、濃紺色のジャケットはラウルの白に近い金髪を引き立たせている。いつも目深《まぶか》にかぶっている帽子も、度の入ってない眼鏡も外し、あらわになった顔のよさも相まって、普段より美しく上品に見えた。

「ラウルは気に入ったもの、あった？」

自分の服に無頓着なラウルは、いままで試着した服のよし悪しなどさっぱり理解できていなかった。しかしアメリが格好いい、すてきだと言ったものは格好よくてすてきだと思うし、一番と言ったものはうれしくてとても気に入った。

「これが一番かな！」

単純なラウルの言葉は裏も表もなく、その笑顔は一点の曇りもない。そんなラウルに対し、アメリも笑顔で言葉を続ける。

「じゃあ……ラウル、それをあなたに贈ってもいい？」

「え……えええ!?」

ラウルは予想もしていなかった言葉に驚いて声を上げた。慌てふためき、あの、その、えっと、悪いなど戸惑いや遠慮の言葉を小さな声でつぶやいているが、顔には隠しきれないほどのよろこびがにじみ出ている。

アメリはそんなラウルを見て小さく噴き出すと、楽しそうに笑い始めた。

「ふふっ……ねえ、ラウル。受け取ってくれるとうれしいのだけど、どう？」

「あっ、……ありがとう！　うれしい、すごくうれしいっ！　……うう、部屋に飾って家宝にする……！」

「……いえ、ちゃんと着てくれるほうがうれしいからね……」

ラウルは涙を流しそうな勢いで歓喜し、胸を震わせる。

「このデザインでお願いします」

「かしこまりました」

アメリは大仰なラウルの反応に苦笑していたが、すぐに気を取り直し、店員と購入の手続きを進めていく。すべてを済ませたところで、笑顔のラウルが目をかがやかせて宣言した。

「ありがとう！　次は、私がアメリに贈るから！」

「……うん、楽しみにしているね」

「ああ！」

二人は楽しそうに笑い合うと、腕を組んで店をあとにした。

◆

アメリはとてもおだやかな気持ちであった。空を見上げると、太陽は高く昇って雲一つなく澄み渡っている。

「楽しみだなあ」

「……そうね」

よほどうれしいのだろう、ラウルは口元がにやけている。にやけ顔でも美しく見えるのは、顔がいい者の特権か。

（こんなによろこんでくれるなんて、思っていなかったな……）

アメリはラウルのよろこぶ姿に胸があたたかくなる。しかし、ふと過去のかなしい出来事が頭をよぎり、うつむいた。

（……エドは、よろこんでくれなかったな）

それはアメリがエドガールと付き合い始め、まだ魔道具師としては未熟であったころだ。

アメリは少ない稼ぎをうまくやりくりして、エドガールに高級なハンカチを贈ったことがあった。

よろこんでほしい、そんな純粋な想いが込められたハンカチを受け取ったエドガールは、軽く笑って一言言った。

『こういったものより、魔道具のほうがいいな』

アメリは恋人のすげない言葉に肩を落とした。しかしまだ若く、恋に盲目であったアメリは言いなりになり、以降は魔道具を貢《みつ》ぐようになった。

(気づかない私も、本当にばかよね……)

これまで利用されていただけだったのだと今ならわかる。恋は盲目とはいうが、アメリはあの衝撃的な場面に出くわすまで疑いもしなかった自分が情けなかった。

(こんなときに思い出すなんて！　もう。ラウルとあのクズ男を比べるなんて、失礼だわ！)

過去の思い出を振り払うように、アメリは首を横に振り、顔を上げる。いま目に映るのは、頬を赤く染めてうれしそうに笑う恋人の姿だ。

(ラウルったら、すぐ顔に出るんだから……)

アメリの淀んだ心が晴れていく。かなしい記憶はうれしい記憶の陰に隠れ、アメリもつられたように笑った。

「そろそろお昼だけど、ラウルはなにか食べたいものはある？」

「えっと……そうだな……ううん……」

ラウルは口を開いたが、少し視線をさまよわせてそのまま口をつぐんだ。アメリはその態度を不思議に思ったが、目深《まぶか》に被った帽子の下に隠れたラウルの顔色が少し悪いことに気づき、ハッとした。

（……もしかして）

さきほどの仕立屋ではアメリがこっそりと店員に頼み、男性店員にのみ対応してもらった。だが飲食店では給仕は女性であることがほとんどなので、そういった頼みごとは難しいだろう。

「……ねえ、ラウル。とてもいい天気だから、キッシュとかバゲットとか買って、ピクニックにしない？」

「あっ！　それ、すごくいいな！」

ラウルは顔色を明るくし、笑顔でうなずいた。

「東区に大きな公園があるんだ。その近くにある店のバゲットとか、隣の肉屋のハムとか、その隣の店のリエットとか、その隣の……その、色々とおいしい店があるんだ！」

「いいわね。じゃあ、ラウルが案内してくれる？」

「ああ、まかせてくれっ！」

アメリは率先して歩き出すラウルをほほ笑ましく思いながら、共に東区へ向かった。


アメリが借りている部屋も職場も北区のため、普段の彼女は北区からほとんど出ることがない。街並みを珍しそうに眺めるアメリに、東区に住居を構え、勝手知ったるラウルは活き活きと街を案内する。

「東区は緑が多いのね」

「うん。大きな公園があるからかな。大きな通りにはだいたい、道に沿って木が植えられているし」

「へえ……」

アメリはラウルの話にうなずき、連れ添って歩く。

ラウルはなじみの店でバスケットやカップを新たに購入し、いくつかの店を回ってバゲットやリエット、チーズやフルーツ、キッシュやワインなどを買い込んだ。一通り買い終えるとそのまま近くの公園に入っていく。

「アメリ、この辺りがいいよ」

彼の案内で、二人は中央にある大きな池の前の芝生に並んで座った。公園には二人のような恋人たちや家族連れ、犬の散歩をしている御婦人など様々な人々の姿が見える。長閑《のどか》な空気の中で、ラウルは嬉々としてバスケットの中身を広げた。

「あの店のリエット、とてもおいしいんだ」

「そうなの？　たのしみ」

ラウルはバゲットを手に取り、リエットを乗せてアメリに手渡す。アメリはそれに一口かぶりつくと、目を見開き、感嘆の声をもらした。

「……えっ、これ、すごくおいしい」

「だよな！」

アメリは目をかがやかせて、そのままさくさくと食べ進めた。ラウルは再びバゲットにたっぷりとリエットを乗せると、食べ終えたばかりのアメリに差し出す。アメリはそれを受け取り再び口にし、そのおいしさに感動した。

「おいしい……ついつい、手が進んじゃう」

「うんうん。あの店のおじさんが作る料理、全部おいしいんだ。私も色々教えてもらったり……あっ、そうだ。ワインも……はい」

ラウルはコルクを引き抜き、小さなカップにワインを注ぐ。アメリは少し躊躇《ちゅうちょ》したが、カップを受け取り一口だけ呑んだ。

「あれ……おいしい」

「口に合ってよかった」

久しぶりのワインは思いのほかおいしく、アメリは凪いだ心で顔を上げる。すると、ワインを片手にバゲットを頬張るラウルの様子が目に映り、くすりと笑った。

「ラウルはワインが好きなの？」

「好き……と言えば好きかな。でも、こっちのバゲットのほうが好きだ。あと、このキッシュも！」

「ふふ、そうなんだ」

ラウルのおかげで、アメリはワインが好きになれそうな気がしていた。

そのまま二人はキッシュやフルーツを食べながら、ワインを片手に様々なことを話した。子どものころの話やお互いに独り立ちのため田舎《いなか》から王都に出てきたことや、いまの仕事について、好きな食べ物のことや趣味の話など。話題に困ることはなく、笑い声と共に楽しく話が続く。

「料理は結構楽しくて……だから、料理が好きなんだ」

「だからあんなに上手だったのね」

「へへ……あっ、私が色々作るからさ！　また、この公園にピクニックしにこない、かな……？」

「うん、またきましょう。楽しみにしてるわ」

「や……やった！　腕によりをかけるよ！」

意気込むラウルにアメリはくすりと笑った。

日差しは暖かく、鳥のさえずりが聞こえ、穏やかな時間が過ぎていく。しかしアメリが穏やかな気持ちでもう一口ワインを呑もうとしたとき、突然強い風が吹いた。

「きゃっ」

風に乗って飛んできた葉が手にぶつかり、アメリは驚いてうっかりカップを落としてしまった。カップの中のワインがこぼれ、白いブラウスに数滴落ちる。

「あ……やっちゃった……」

「っ、アメリ！」

「ごめんね、ラウル……」

赤い染みがじわじわと広がっていく。アメリは情けなくなって、うなだれ、謝罪した。しかしラウルは首を横に振ると、急いでハンカチを取り出した。

「待って、汚れちゃう」

「大丈夫」

しわのないきれいなハンカチを汚してしまう、とアメリは躊躇《ちゅうちょ》した。だがラウルは気にすることなく、ブラウスにハンカチをそっと押し当てる。

「ここから私の家が近いんだ。だから……あっ」

ラウルはそこまで言ったところで、自分がなにを言ったのかと気づいたようで言葉を止めた。顔を赤くし、視線をさまよわせながらもその言葉を撤回するつもりはなく、少し上目で言葉を続ける。

「変な意味はないんだ、けど……よかったら、私の家にこないか……？」

「ラウルの家に？」

「うん。それ、すぐに処置すれば染みは残らないと思う……から」

アメリは男性の部屋に上がったことなどない。元恋人であるエドガールにも、一度も招かれたことはなかった。

（……恋人の部屋）

初めてのことだが、恋人からの誘いを断る理由などない。むしろ、少し楽しみにすら思っていた。

「……うん。ありがとう、じゃあお願いしていい？」

「ああ！」

アメリはラウルの厚意に甘えることにしてうなずく。そのまま二人は荷物をまとめ、ラウルの家へと向かった。

公園を出てすぐの大きな通りを北に向かって歩くと、肉屋と靴屋が並んでいる一角が見える。その向かい側の道に入った先にラウルの家があった。以前ラウルから聞いた通りの店並びに妙に感心しながら、アメリは家の外観を眺める。

「アメリ、こっちだ」

「……ありがとう」

アメリはラウルに招かれ、家の中へと足を踏み入れた。玄関を入ってすぐにリビングがあり、テーブルを挟んで一人掛けのソファと二人掛けのソファが備えられている。華美な装飾はなく、きれいに整頓されていて、全体的に落ち着いた雰囲気だ。

「ちょっと待っていて。なにか、着替えるものを持ってくるよ！」

そのまま慌ただしく隣の部屋に駆け込むラウルの背を見送り、アメリはぐるりと部屋を見渡した。突然の訪問だというのに汚れは一つもない。

(きれいにしているのね)

普段から隅々まで掃除が行き届いているのだろう。アメリが感心していると、すぐにラウルが男物のシャツを手に戻ってきた。

「アメリ！　これ……私のだけど、ちゃんときれいに洗ってあるから！」

「ありがとう」

「じゃあ、着替えが終わるまで隣の部屋にいるよ！」

「えっ」

ラウルはそう言うなりすぐに隣の部屋に駆け込む。アメリはそのすばやい行動に呆気に取られたが、少し間があってから噴き出し、笑いながら服を着替えた。

（……大きいな）

アメリはラウルの体を思い出し、ぽっと頬を赤く染める。男物の白いシャツはアメリには大きすぎ、何度正してもすぐに肩からずれ落ちそうになる。だが、ひととき着ているだけなら十分だろう。

「ラウル？　着替え終わったわ、ありがとう」

アメリが隣の部屋の扉をたたいて声をかけると、ラウルはすぐに扉を開いた。アメリの姿を見るなり頬を赤らめ、リビングに入り手に持っていたトレイをテーブルにそっと置く。

「ワインの染み、私が落としてくるよ。アメリはここでゆっくりしていて！」

「でも……」

「大丈夫、得意だから！」

なにからなにまで世話になっては申し訳ないとアメリは思っていたが、他人の家の勝手はわからないし、余計なことをして迷惑になってもいけないと思い直してブラウスを手渡す。

「……ありがとう、お願い」

「うん、まかせてくれ」

ラウルは笑顔でうなずくと、ブラウスを手にして部屋を出ていった。遠くなっていく足音を聞きながら、アメリはソファに座ってテーブルに目を向ける。

「……完璧すぎない？」

テーブルには紅茶が入った花柄のティーポットと同じ柄のティーカップ、ドライフルーツが入った小皿が載ったトレイ、その隣には新聞が置かれていた。至れり尽くせりな対応にアメリは感嘆を通り越しておののく。

「……本当に、いままで恋人いなかったのかしら……」

アメリは用意された紅茶を飲んでほっと一息つき、ぐるりと部屋を見回した。

リビングだけでも十分な広さがあり、一人で暮らすには広すぎる家だ。

「広いな……」

ラウルがこれほどまで広い部屋を借りた理由などつゆ知らず、アメリは新聞を手に取り目を通す。

そこには大きな事件の記事が掲載されている、ということもなく、信憑性《しんぴょうせい》に欠けるうわさ話ばかりが綴《つづ》られていた。

（いまは大きな事件が取り上げられないくらい、平和ってことね）

くだらないと思いながらぼんやりと記事を読み進める。そうしてひまを持て余して待つこと、数十分。

「アメリ！　きれいに落とせたよ！」

笑顔で戻ってきたラウルは、尻尾を振って走り寄る犬のような勢いでアメリのもとに駆け寄った。

彼はアメリの前で染みの跡などまったくないブラウスを広げ、褒められるのを待つ犬のように期待に満ちた目で言葉を待っている。

「すごい、真っ白だわ。ありがとう、ラウル」

「へへ……」

アメリは無性にうれしそうにはにかむラウルの頭をなでたくなった。だが失礼だと思ってその衝動をぐっとこらえ、にこりとほほ笑む。

「まだぬれているから、乾かしておくよ」

「うん、お願い」

ラウルはブラウスを近くの壁に掛けると、風を吹かせる魔道具をそばに置いた。そのまま一人掛けソファに座ろうとしたので、アメリはラウルが腰を下ろす前に声をかける。

「ラウル。そっちじゃなくて、こっちでしょう」

「へっ……あっ、うん！」

アメリが自分の隣をぽんとたたくと、ラウルはよろこんでその隣に座った。

「アメリ、……あっ」

そこでようやく落ち着きを取り戻したようだが、アメリに目を向けてすぐに顔を真っ赤にし、ぱっと目をそらす。

「……どうしたの？」

「その……なんだか……」

ラウルは口を開いたが、言いづらいのかすぐに閉じた。そのまま沈黙しようとするも、アメリにじっと見つめられ続けて根負けし、小さな声で内心を白状する。

「私の家にアメリがいて……私の服を着て……なんだか……その……」

アメリはふと、恋人がやたら自分の服を着せたがるという友人の話を思い出した。その友人はくだらないと一蹴していたが、アメリにはラウルがかわいく思えていたずらっぽく笑う。

「ふうん……ラウル、こういうのが好きなんだ？」

「えっ⁉　あの、いや、その……！」

真っ赤になったラウルは言い訳しようとするも、うまく言葉が出てこなくてしどろもどろになる。必死になるさまがさらにかわいく思え、アメリは小さく笑って顔を寄せた。

「なら、せっかくなんだから……もっと見ておいたら？」

「へ……？」

ラウルは間の抜けた声をもらした。しかしすぐにアメリの言葉の真意が理解できて、ラウルは無言で首を縦に振る。

そのままじっと見つめるアメリの唇に吸い寄せられるように、ラウルは自分の唇を重ねた。

「ん……っ」

そのまま二人は抱き合い、何度も唇を重ねながら舌を交わらせる。アメリは最後に深く口づけたあと、唇を離し、気持ちが高ぶっているのを感じながらほほ笑んだ。

「……これじゃあ、見えないんじゃない？」

「そっ、そうだけど……でも……」

ラウルは言い訳しようとするも言葉が出てこず、けれども目は正直だった。抱き合っている間にアメリの服がずれて首から肩までの線があらわになっており、彼の目はそこに釘づけになっている。

「ラウル、こういうのが好きなんだ？」

アメリがからかうように再び問うと、ラウルはすねたように少し唇をとがらせた。

「……好き」

素直に認めたラウルにアメリは笑い、ラウルは唇をとがらせたまま彼女の服に手をかける。アメリはそのまま脱がされる、と思いきや。

「……えっ」

その逆でずれた服を正され、思わず驚きの声をもらした。アメリは赤い顔で目をそらしたラウルを眺めながら、自分の考えが恥ずかしくなって顔を赤くする。

(……やだ、私……期待していたみたいじゃない……！)

アメリの頭の中ではあのまま服を脱がされてことに及ぶと思っていた。そうなってもいい、むしろそうしたいと期待すらしてけしかけていたことを自覚し、恥ずかしくてたまらない。

(私って……こんなに変態だったのかしら……)

アメリは両手で真っ赤に染まった頬を覆い、恥ずかしさにうつむいた。

一方、ラウルも赤い顔で目をそらしている。そのまま二人とも真っ赤になって黙り込んでしまい、しばらくの間、部屋には沈黙が流れた。

「えっと……そ、そうだ！　さっきの、食べる？」

ラウルがなんとか空気を変えようと、沈黙を打ち破るように声を上げた。アメリは驚いて顔を上げ、すぐに理解してうなずいた。

「う、うん……そうねっ」

アメリの答えを聞くなりラウルはそそくさと隣の部屋に駆け込んだ。しばらくしてバスケットを持って戻ってくると、テーブルの上にそっと置く。

ラウルはふたを開けて中の料理を取り出し、手つかずのキッシュやフルーツをテーブルに並べ、その中からベリーを一つ摘んだ。

「アメリ、このベリーはどうかな！　すごくおいしいんだ！」

「……いただくわ、ありがとう」

アメリはそれを受け取り、さきほどの羞恥をごまかすように一口で食べる。口の中いっぱいに広がる甘酸っぱさで少し冷静になれたアメリはほっと胸をなでおろした。

「おいしい……」

「っ、まだまだあるから！　そうだ、シロップかける？」

ラウルは表情を明るくし、アメリに次々とベリーを勧める。目の前にベリーが積み上がっていくさまに、アメリは小さく噴き出した。

「……ふふ、そんなに食べられないわよ」

「あっ、ご、ごめん！」

慌てたラウルはいくつかのベリーを手に取り、ぽいっと自分の口に放り込む。甘酸っぱさに目をぎゅっとつむったラウルに笑い、アメリはベリーをもう一つ摘んでおいしそうに食べた。

（……本当に、大切にしてくれているのね）

ラウルの言葉や行動の端々から感じられるラウルの想いにアメリの心が解けていく。その心に芽吹こうとしている恋心が水を得てすくすくと育っているかのように、アメリの胸は高鳴っていた。

ワイン片手に楽しくおしゃべりをしているうちに、あっという間に時間は過ぎていく。

日が傾き始めて街並みが茜色に染まるころ、アメリがそろそろ帰ろうとすると、ラウルが送っていくと言うので、二人で家を出た。

「ラウル。ちょっと、お店に寄ってから帰りたいの」

「うん、わかった」

「あと、先生、昨日から徹夜しているみたいだから……なにか差し入れを持っていきたくて」

ラウルはアメリの言葉に、驚きの表情を浮かべた。

「そっか。きっと疲れているだろうし……なにか甘いものがいいかな？」

「そうね。先生は甘いものが大好きだし、よろこぶわ」

快く了承し、その上気遣う様子を見せるラウルにアメリはほほ笑む。自分が大切に思う人を大切にしてくれる気持ちはうれしいものだ。

二人は近くの店で甘いフルーツを買い込むと、手土産を持ってジュスティーヌの店に向かった。

夕日に照らされた店は今朝、アメリが閉めたときから変わりなかった。裏口から入ると店内に明かりはついていたが、ジュスティーヌの姿はどこにもない。

「ラウル、ここで待っていてくれる？」

「あ、うん」

ラウルはうなずき、近くの椅子に腰かける。その目はずっとアメリを追いかけていたが、彼女はジュスティーヌのことが気がかりでまったく気づいていなかった。

「先生～？」

アメリはジュスティーヌの姿を探し、隣の作業部屋をのぞいた。部屋はカーテンが閉めきられ、明かりはついておらずに薄暗い。作業台の上は片づいており、部屋のどこにもジュスティーヌの姿はなかった。

(先生……上にいるのかな？)

アメリは作業部屋から二階に続く階段の先を見上げる。この建物は一階が店舗で、二階は居住空間になっている。閉店後にジュスティーヌとお茶したり夕食をごちそうになったりした際に二階に上がったことはあるが、家主の許可なしに足を踏み入れるわけにはいかない。

「先生！　いますか～？」

「……あぁ、アメリ……？　ごめんなさい。いま、下りるわ……」

アメリが階段の下から二階に向かって大きな声で声をかけると、か細い声ではあったものの返事があった。アメリが胸をなでおろしてその場で待っていると、しばらくしてジュスティーヌが階段を下りてくる。

「えっ、先生……大丈夫……？」

アメリはジュスティーヌの姿を見てぎょっとした。ジュスティーヌは朝見たときよりもすこぶる顔色が悪く、疲労の色がひどくにじみ出ている。心配になって声をかけると、ジュスティーヌは顔色が悪いながらも笑みを浮かべ、元気よく返事をした。

「ええ！　ふ、ふふっ、……とっても元気よ……！」

「ほ……本当に……？」

「もちろんよ！　きてくれてありがとう、アメリ」

ジュスティーヌの目は据わり、妙に高揚した声音だった。どう見ても元気そうに思えない様子に、アメリはますます心配になる。

しかしアメリがなにかを問う前に、ジュスティーヌが真剣な表情になって口を開いた。

「ラウルくんはいるかしら？」

「あっ、はい。店のほうで待ってもらっています」

「そう……少し彼に用があるから、話をさせてもらってもいいかしら？」

「……わかりました」

そう言うと、ジュスティーヌは作業部屋の隅に転がっていたうさぎの頭のかぶり物をかぶり、体をすっぽりと覆う外套《がいとう》を身にまとった。二人が共に作業部屋を出ると、ラウルはアメリの姿を見て笑顔になったが、すぐ後ろに見えたうさぎ頭のジュスティーヌに笑顔を凍りつかせ、体をこわばらせた。

「ラウルくん」

「……っ、あ、あの、えっと、こんばんは！」

「ふふ、こんばんは」

硬直するラウルを安心させるようにジュスティーヌは明るく振る舞うが、うさぎのかぶり物にそれが反映されることはなかった。無機質な目に見つめられ、緊張のあまり立ちすくむラウルの前で、ジュスティーヌは懐から小さな魔道具を取り出した。

（あれ、なんだろう……？）

アメリは見慣れない魔道具に首をかしげた。アメリが見たことがない以上、それは店の売り物ではないのだろう。

（まさか……あれが先生の作っていたもの？）

これまでの流れから、いまジュスティーヌが手にしている魔道具こそが、彼女が寝る間も惜しんで作り上げた魔道具であることはすぐに察せられた。一見してもその性能は知れず、アメリの中で興味がふくらんでいく。

「ラウルくん、これを持っていってちょうだい」

「えっ、……私、ですか!?」

ラウルはそれが自分宛てのものだと思っていなかったようで、驚いた声を上げた。ラウルは差し出された魔道具を不思議そうに受け取り、まじまじとそれを観察する。魔道具には魔力が込められており、すでに作動しているようだ。

「ええ。あなたの探しものが近くにあったら、教えてくれるの」

「あっ！　……ありがとうございます」

ラウルは感謝の言葉を告げると、魔道具を懐にしまって頭を下げた。

「ふふ……これでようやく眠れる……わ……」

「先生!?」

「あっ」

ジュスティーヌはラウルに魔道具を手渡せたことで気が抜けたらしく、うさぎの頭を手で押さえてふらりとよろける。アメリが慌てて体を支えると、ジュスティーヌは弱々しく笑った。

「ごめんなさい、ちょっと……」

「先生、無理したから具合が……」

「いえ、ただ眠くてたまらないの……!」

二日も寝る間も惜しんで没頭していたため、気が抜けたことで急激な眠気に襲われているようだ。

アメリはその答えにあきれたが、大事でなくてよかったと肩の力が抜ける。

「もう……先生、今日はゆっくり寝てくださいね」

「ええ、ありがとう……」

ジュスティーヌはあくびをかみ殺し、なんとか笑って体勢を整えた。そのまま家路につく二人を見送るべく店の前まで出たジュスティーヌは、手を振り、背を向けたアメリの後ろでラウルにそっと声をかける。

「ラウルくん……あとは頼んだわね」

「っ、まかせてください!」

その答えに満足したジュスティーヌは、ふらふらとした足取りで店の中へ戻っていった。

ラウルは懐にしまった魔道具に服の上から手を添え、力強くうなずく。

「ラウル、どうしたの？」

「あっ、いや……なんでもないんだ！」

「そう？　……じゃあ、行きましょう」

ラウルが慌ててアメリに駆け寄ると、二人は並んで歩き始めた。

◆

恋人を自宅に招くという夢が現実になり、ラウルにとって今日はしあわせな一日だった。さらには恋人に自分の服を着せるという願望まで叶った。

(でも……あのとき、たぶん、すごくいい雰囲気だったよな……くっ、くそぉ……)

正直に言えば、あのときのラウルには下心があり、あのまま押し倒してしまいたい衝動に駆られた。だが自宅とはいえ万が一のことを考えると、無防備になる状況は避けるべきだと、すんでのところで欲を抑えた。

(そう！　今日の私は、アメリの護衛なんだから！)

アメリを守らなければならないという想いと、王都警備隊としての責任感が思いとどまらせた。そうでなければ、あっさりとアメリの誘惑に負けていただろう。

(エドガール……絶対に、絶対に許さないからな！)

ラウルはエドガールへの怒りをさらに上乗せした。懐のジュスティーヌから受け取った魔道具を意識し、決意を強くする。

この魔道具は、エドガールの魔力に反応するものだ。

かつてジュスティーヌはエドガールのために魔道具を調整したことがあり、そのときの情報を利用して彼を感知する魔道具を作ってもらった、というわけだ。

並みの魔道具師ではできない芸当に、ラウルは彼女に頭が下がる思いだった。

（これで……かならずあの男を見つけ出してやるからな……！）

初めからアメリを裏切っていた男、エドガール。その所業は許しがたく、かならず見つけ出し裁きにかけるとラウルは決意していた。その想いはおそらく、アメリを愛弟子《まなでし》とかわいがっているジュスティーヌも同じなのだろう。

「今日のリエット、すごくおいしかった」

「よかった！　また、一緒に食べよう！」

二人は腕を組み、楽しげに一日を振り返りながら会話をし、街を歩いていく。そしてアメリが部屋を借りている建物が見えてきたところで、ラウルは驚きに声をもらした。

「……えっ」

ラウルは懐にしまっていた魔道具が震えていることに気づいた。震えていたのはつかの間のことだ。いまは鎮まった懐に目を落とし、ラウルは首をかしげた。

（……まさか、あいつ……この辺りに潜んでいたのか？）

探しものが近くにあれば震える魔道具が反応した。それはラウルが探しているエドガールがつかの間でも近くにいたことを示している。

建物が見えるまでまったく反応がなかったことから、エドガールはアメリを待ち伏せようと部屋の近くに身を潜めていた可能性が高い。そして反応がすぐ消えたことを考えると、ラウルの姿を見つけてすぐに逃げ出したのだろう。

「どうしたの？」

「あっ、い、いや……」

ラウルは言葉を濁して笑う。アメリに嫌な思いをさせないために秘密裏《ひみつり》に片づけたかったたし、情報規制のこともあり気軽に話せることでもない。

アメリはそんなラウルの様子を少し不思議そうに見ながらも、それ以上気にすることはなかった。

「ラウル、今日も上がっていく？」

「……うん！」

ラウルは彼女の誘いに一も二もなくうなずき、大きな声で返事をした。

アメリはその素直な反応に笑いながらラウルを招き入れる。それから部屋の中にはラウルの慌てた声やアメリの笑い声など、楽しげな声が響いていた。


月が昇ったころ、ラウルは暇《いとま》することになった。アメリに見送られ、玄関の扉の前まで出たラウルはかなしげに眉尻を下げる。

「ラウル……今夜、泊まっていく？」

「え！　あ……」

アメリの誘いにラウルは表情を明るくして口を開いたが、声を出さずにそのまま閉じた。眉尻を下げ、ひどく落ち込んだ様子でゆっくりと首を横に振ってうなだれる。

「ごめん……また次の機会にする……」

ラウルにはせっかくの恋人からの誘いを断腸の思いで断らざるを得ない事情があった。その事情がなければおおいによろこび、ない尻尾を振ってその誘いを受けていたことだろう。

「そっか。今日は楽しかったわ。……じゃあ、ラウル」

アメリはそこで言葉を切り、ラウルをじっと見つめる。ラウルは顔を上げて不思議そうに首をかしげたが、なにかに気づいたように息を呑んだ。

「アメリ……！」

ラウルはアメリの肩をそっとつかむ。そのまま緊張した面持ちで顔を近づけると、アメリは目を伏せて唇を差し出した。

軽い音をたてて唇が触れ合い、名残惜しそうに離れていく。うっとりとしながら息を吐くラウルに、アメリはやさしげにほほ笑んだ。

「おやすみなさい、ラウル」

「……おやすみ！　また、明日！」

顔を赤くしたラウルはアメリから離れ、そのままゆっくりと歩き始める。

「また、明日……」

背後から聞こえた言葉を聞いて、ラウルは口が緩むのを感じた。


しかし、そんなアメリに魔の手が伸びようとしていた。

アメリに見送られ、去っていくラウルの後ろ姿を路地裏からじっと観察する人影が一つ。

「くそっ、あの犬め……！」

この辺りでは珍しい黒髪の男、アメリの元恋人であるエドガールだ。

髪はまとめておらず、ひげは伸びっぱなしで放置され、服はよれて汚れている。反国家組織に属していることが明るみに出て国から追われることになり、数々の失態により組織からも追われる身となったエドガールは、まともな生活が送れていなかった。

「どうして俺がこんな目に……あの犬が……いや、元はと言えばあの女のせいだ……！」

エドガールはこの五年、順風満帆だった。

表で働いていた商会で偶然にも国家魔法使いであるレイラと知り合い、恋人という座を得て彼女の行動を監視することができた。情報を引き出すことはできなかったものの、脅威となりうる魔法使いの行動の監視だけでも組織から十分に評価された。

さらにエドガールは、幸運なことに魔道具師の卵であったアメリと出会った。若く、王都に出てきたばかりのアメリをだますことは容易で、言葉巧みに魔道具を作らせ彼女が勤めるジュスティーヌの店からも安く魔道具を購入させた。それらをすべて組織に貢《みつ》いだエドガールはさらに高く評価され、組織での立場は優遇されていた。

「アメリが余計なことをしなければ……こんなことにはならなかったのに！」

調子に乗り、浮かれていたエドガールは油断していたと言うべきか。あの日、アメリにレイラとの関係を知られてからエドガールの人生は転落の一方だ。

レイラが商会との大口の取引を止めたことでエドガールは解雇された。その上レイラから婚約を解消されてしまい、当然、彼女の行動を監視することなどできなくなった。アメリからも別れを告げられて魔道具の供給がなくなり、エドガールの組織内での立場は一気に転落した。

せめてアメリだけでもなんとかと奮闘していたが、英雄ラウル・ルノーの出現でさらに悲惨なことになった。エドガールは二人の間になにがあったのかまでは知らないが、ラウルの邪魔が入り、さらには彼が手配した情報部員によって組織に属していることが暴かれ、逃げ回ることになった。

組織に属した反逆者は例外なく極刑だ、捕まれば死が確定する。組織も追われる身となったエドガールを切り捨てようとしていた。ただ捨てられるだけならまだましだが、エドガールが捕まり情報が漏洩することを恐れ、口をふさごうとする始末だ。

国からも組織からも追われ、どちらに捕まっても死が待っているエドガールは、起死回生のための一つの可能性にすがっていた。

「アメリ……あの女を連れていけば……！」

エドガールは自分を破滅に導いたアメリを組織に引き渡し、助命を乞おうとしていた。魔法使いのレイラや魔道具師のアメリを知っているからこそ、エドガールはこの数日捕まらずに済んだのは運がよかっただけで、凡人である自分が一生逃げ続けることなどできないとわかっていた。

故《ゆえ》に組織の中でも評価が高かったアメリを、正確には彼女の魔道具を差し出すことでなんとか生きながらえようと考えた。エドガールが万が一にも助かるにはそれしか方法はなかった。

「あの女が全部悪いんだ……大人しくしていればよかったのに！」

すべてが崩れ始めたのはアメリがあの場にやってきたせいだ。大人しく復縁していればここまでひどいことにならなかったのに。そんな逆恨みから、エドガールはアメリへの憎しみをたぎらせる。

「俺をこんな目にあわせたんだ……罰を与えてやるさ……！」

エドガールに良心の呵責《かしゃく》などない。それどころか、自分を破滅に追いやったアメリへの復讐心すらある。どこまでも自分勝手な男は、ただ自分のためだけにここまでやってきた。

「……よし、あの犬はいないな……」

エドガールはラウルの姿が見えないことを確認すると、路地裏からそっと身を乗り出す。夜も更けて人気《ひとけ》がない中、エドガールはアメリが住む建物に近づき裏手に回った。アメリの部屋がある位置まで移動すると、エドガールはカーテンが閉められ中が見えない窓を目に映して舌打ちする。

「……あんな犬を連れ込みやがって……くそっ、尻軽女が……」

二人の女性をもてあそんだ自分のことを棚に上げ、エドガールは悪態をついた。反国家勢力に属しているエドガールは、反国家勢力の企《たくら》みを邪魔した英雄であるラウルが特に気に入らなかった。

とはいえ、エドガールの力ではラウルに手も足も出ないと理解している。かみつきたくてもかみつけない、だからこそその牙をアメリに向けていた。

「あんな犬より、俺がはるかに上だってことをわからせてやる……！」

エドガールは口の端を上げるとゆっくりと窓へと近づいていく。この数日間の気が休まらない逃亡生活で、エドガールの精神はまともな判断ができないくらいに極限状態に近づいていた。

「……なっ⁉」

手が窓に届くかというところでエドガールは後ろからその手をつかまれ、両腕を後ろ手に捕らえられて壁に押しつけられる。なにが起きているのか理解できず、ただ痛みにうめき両目をきつくつむったエドガールの耳に、怒りが含まれた低い声が届いた。

「……私は、二度と近づくなと警告したはずだ」

「……っ、な……んで……、ぐ……っ」

目を見開き、さきほど去ったことを確認したはずのラウルを肩越しに目に映し、エドガールは低くうなった。


(ようやく捕まえた……！)

アメリの部屋でくつろいでいる間、ラウルは懐の魔道具が再び震えるのを感じていた。エドガールは諦めて逃げたわけではなく、王都警備隊員であるラウルを警戒し、潜んで出てこないだけだと判断したラウルは、帰ったふりをしてエドガールをおびき出そうとしたのだ。

ラウルの策は功を成し、まんまと引っかかったエドガールはいよいよ絶体絶命だ。

(気づけなかったら、いまごろ……)

ジュスティーヌの魔道具がなければ、ラウルが気づかないまま帰っていれば、いまごろアメリはどうなっていたのか。考えるだけで腸《はらわた》が煮えくり返るほど腹立たしく、ラウルは腕をつかむ力を強くする。

「ひっ、なんで……っ」

小さく悲鳴を上げるエドガールをラウルがにらみつけると、彼はその目にひるんで口をつぐんだ。

「……エドガール、もうおしまいだな」

「たっ、助けてくれ、見逃してくれよ！」

「……だれに言っているんだ？　見逃すわけがないだろ！」

王都警備隊に所属しているラウルが反逆者を見逃すはずがない。忍び寄る死の足音に恐怖し、錯乱しているエドガールに冷静に考えられる頭はなく、わらにもすがるように命乞いをし始める。

「な、なあ……あんた、同じ女を愛した男だろ!?　わかるだろ、俺が死んだらアメリがかなしむって……」

「はぁっ!?」

「ひっ」

だがその命乞いはラウルの怒りを煽《あお》った。ラウルの手に力が入り、エドガールはさらに壁に押しつけられて苦痛に顔をゆがめる。

「ふざけるなっ！　このっ、この……っ、クズのおまえがっ、アメリを愛していると!?」

アメリだけでなくレイラとも交際し、二人の女性を欺きもてあそんだ男。そんな男から愛という言葉が出てきたことが、しかもその相手がアメリであることがラウルは許せなかった。ラウルの怒りにおびえたエドガールはさらに言ってはならない言葉を続ける。

「う、うそですっ！　最初からこの国の女なんて、愛していませんでしたっ！」

いよいよラウルは怒髪天を衝いた。恐ろしい殺気を向けられ、エドガールは恐怖に体を震わせる。

「アメリがどれほどおまえのことを想っていたか！　……っ、あんなに泣くくらい……っ、この、このぉ……っ」

頭の血管が何本か切れてしまうのではないかと思うほどの怒りで、ラウルの声は震えていた。ラウルがアメリと出会い、いまの仲になれたのはあの夜があったからこそではある。だが、だからといってあの夜の彼女の涙はよろこべるものではない。

(アメリが……アメリの……っ)

ラウルの怒りは沸き立ち、理性はぎりぎりのところで保たれているものの、爆発寸前だ。そして怒りはラウルが抑え込んでいたもう一つの感情をもふくらませる。

「……うらやましいのにっ！　私だって、それくらいアメリに想われてみたいのにっ！　なんでおまえみたいなクズが彼女の……っ！　この、このっ、くそおおおっ！」

「しっ、知るかよ……っ」

その感情は妬みだった。あまりの悔しさに涙目になったラウルはうっかり本心を大きな声で叫んでいた。

ラウルに押さえ込まれて震えていたエドガールは、怒りと妬みで沸き立つラウルを前におびえた様子だったが、ふいに、にやりとほほ笑む。

そして、ラウルを煽《あお》り始めた。

「……はっ、顔じゃないのか？」

「顔!?」

「そんな女みたいな顔じゃあ、ひげくらい伸ばせば少しは……！」

「なっ、わ、私だって、ひげくらい伸ばせば少しは……！」

エドガールの言葉は的確にラウルの劣等感を押さえていた。子どものころから顔がとても整っていたラウルは、その中性的な美しさのせいで女の子に間違われることが多々あった。

そんなこともあって、ラウルは男らしくなりたいという強い想いを持っていた。その想いで剣術を習い始めて才能を開花させたが、その想い故《ゆえ》に男らしくないという言葉に人一倍傷つきもした。

ひげに関しても元々薄く伸びにくい体質だが、ひとときその想いで懸命に伸ばしたことがあった。しかしあまりにも似合っていない、笑いを狙っているようにしか見えないとの酷評を受けて、泣く泣く諦めたのだ。

「口も下手そうだしなあ。そんなすぐ感情的になっていたら、女を楽しませられないぜ？」

「ぐ……っ」

ことあるごとに残念な男と酷評を受けてきたラウルには、あまりにも自覚のある指摘だ。ラウルの手からわずかに力が緩む。エドガールはかすかに口端を上げて口を開こうとしたが、そこから出てきたのは言葉ではなく小さな悲鳴だった。

「私は……男らしくなくてもっ、口が下手でもっ」

「いっ……」

力が緩んだのはつかの間だけ。すぐさまそれ以上の力で壁に押しつけられてエドガールは黙る。

「アメリをたくさんよろこばせるし、楽しませるんだ！　アメリが笑って、しあわせだって思えるように……だから、おまえなんか……絶対、すぐに忘れさせてやるんだからなっ！」

感情がたかぶり、ラウルは大きな声で叫ぶ。その言葉は痛みに苦しむエドガールの耳には入っていなかったが、あまりの声の大きさに彼以外の人物の耳に入っていた。

突然二人の近くの窓が開かれ、その人物がひょっこりと顔を出す。

「アメリ!?」

「……ねえ、ラウル。ちょっと……近所迷惑だと思うの……」

その人物はもちろん、部屋の主であるアメリその人だ。恥ずかしさからか、アメリの顔は真っ赤に染まっていた。

◆

「もう、声が大きすぎるわ」

窓のそばでこんなに騒いでいれば建物の中まで聞こえないはずがない。アメリどころか、ほかの部屋の住人にも聞こえている可能性もある。

「あっ……ええと……これは、その……っ」

アメリの登場で、怒りで顔を真っ赤にしていたラウルは顔を青くし、冷や汗をかき始める。

「い、いつから……？」

「そうね……ラウルがふざけるなって叫んだあたりかしら」

ほとんど最初からと言ってもいいだろう。ラウルはエドガールを捕らえる力は緩めなかったが、不安そうに目を泳がせる。そんなラウルの様子に苦笑いしたアメリは、一つため息をついてから言葉を続けた。

「ねえ、ラウル。私、あなたのこと好きよ」

「えっ!?」

「いま、そこにいる……クズみたいな男なんかよりずっとね」

アメリはそう言ってラウルからエドガールへ目を向ける。アメリの視線を受けたエドガールは助けてくれと必死に目でうったえていたが、それは無視した。

（……不思議だわ）

アメリはエドガールを見てもなにも感じなかった。最初から愛していなかったと叫んだこともしっかりと聞いていたが、まったくかなしくなかったわけではないものの、つらいとは思わなかった。

（……この人のこと、過去になったのね）

アメリはだまされ、それを知らずにエドガールを愛していた。たしかにその間は楽しかったし、しあわせを感じていた。

けれども、それはもうすべて過去のこと。アメリはエドガールの懇願を無視してラウルへ視線を戻した。さきほどまで青くなっていたラウルの顔は、再び真っ赤に染まっている。

（ふふ、真っ赤になっちゃって。……かわいいんだから）

いまのアメリの心はエドガールなど目もくれずにラウルへ向かっていた。

たった一夜を共にしただけの名も知らぬアメリを探し出し、追いかけてきたラウル。

こんな夜中に恥ずかしげもなく、アメリへの好意を大きな声で叫ぶラウル。

アメリは思ったことを口にし、思ったことはすぐに顔に出る、そんな偽りのないかわいいラウルが愛おしかった。

「……だから……ね、ラウル。そんな人放っておいて、こっちに戻ってきてよ」

「……ああっ！」

破顔し、いますぐにでも部屋に駆け込みたいラウルだが、邪魔な存在があることを思い出した。

ラウルが押さえ込んでいるエドガールは痛みに涙目で低くうなっている。

「あっ……こいつを王都警備隊に突き出してから戻るよ！」

「突き出してくるの？」

「えっと……うん……」

アメリは、ラウルがなぜか焦っている様子であることを不思議に思っていたが、おそらくなにか事情があるのだと察して、ほほ笑んでうなずいた。

「じゃあ、待っているわ」

「……っ、ありがとう、アメリ！」

ラウルは意気揚々とエドガールを引きずり、走る勢いで去っていった。エドガールは悲痛な声を上げていたが、その声は次第に小さくなり、やがて消えてなくなった。

◆

それからのラウルの仕事は早かった。近くの王都警備隊詰所にエドガールをつれて駆け込み、特務権限で伝令を出した。すぐさま王都警備隊本部から人が遣わされ、エドガールは本部の拘束牢に移送されることになった。

移送のために遣わされたのは本部の王都警備隊員が三名と、国家に所属する魔法使いが一人。ラウルは隊員とは面識がなかったが、魔法使いとは面識があった。

「こんばんは、ルノーさん」

「こっ、……こんばんは、エティエンヌさん……」

その魔法使いは、何度か魔物討伐の任務で共闘したレイラだ。本来、エドガールと関わりのある人物の関与は望ましくないが、魔法使いの数は限られているため一番早く動けるレイラが指名されたのだ。

（……まさか、エティエンヌさんがくるなんて……）

レイラとは仕事の際に軽く会話をする仲ではあるものの、まだ女性への恐怖心がなくなったわけではないラウルは緊張し、少し顔色を悪くしている。だがレイラがここにきたということは、すでに彼女がある程度の事情を知っているということ。ラウルは少し心配になって声をかけた。

「あ、の……エティエンヌさん、大丈夫ですか……？」

ラウルの気遣う言葉にレイラは目を丸くし、ややあってほほ笑む。ラウルはその表情を直視することはできなかったが、レイラにかなしむ様子がないことに少し安心したようだ。

「……ありがとう。あなたって、本当にやさしいのね」

「へっ⁉　……い、いや……」

「……ふふ」

やさしいと評されて少しうれしくなったラウルはへらりと笑う。その締まりのないラウルの笑顔にレイラが笑ったところで、拘束されているエドガールが声を上げた。

「おまえっ、レイラまでたぶらかし……」

その声に反応したレイラがにらみつけると、エドガールは蛇ににらまれた蛙のごとく身を縮こまらせて黙り込んだ。レイラはエドガールを軽蔑の目で見下ろしながら、魔法できつく縛り上げる。

「……くさい息を吐かないでくれる？」

口を覆われ、声も出せなくなったエドガールは移送用の馬車に放り込まれた。隊員が乗り込んで扉を閉めると、レイラはその警護のために馬にまたがる。

「ラウルさん、ありがとう」

「……へっ？」

「あなたがあのクズの正体を暴いてくれたおかげで……つらいけれど、踏ん切りがつきそう」

レイラは馬上からラウルを見下ろしながら笑顔を見せた。

レイラも五年もの間情を交わし、婚約して結婚を間近にしていた相手への想いを断ち切ることは難しかったのだろう。真実はあまりにも酷なものだったが、酷だったが故《ゆえ》に相手への想いを断ち切れたようだ。

「……そ、そうか。ならよかった……ええっと、いつか、エティエンヌさんにもいい人が見つかるといいな」

「……いい人、ね……」

「ほら、エティエンヌさんはなんか……なんかすごい人だから、すぐに見つかると思う！」

「なんかって……ふふっ」

ラウルは彼女と目を合わせられなかったが、なんとか笑って励ます。ラウルなりに懸命に慰めようとしている気持ちが読み取れたのか、レイラはうれしそうに笑った。

「……ねえ、ラウルさん。よかったら今度……」

「おい、ルノー！　早く恋人のところに戻りたいのなら、ちょっとこっちにこい！」

「あっ、はい！　……それじゃあ、エティエンヌさん、また仕事で！」

ラウルはいつの間にかやってきていたアドリアンの声に驚き、レイラに軽く挨拶して駆け出した。

レイラは彼女に目もくれず一目散に去っていったラウルを見送ると、わずかに苦笑いして小さくつぶやく。

「……なーんだ、残念……」

レイラが馬首をめぐらせると馬車はゆっくりと走り出す。レイラは一つため息をつくと、走り出した馬車のあとに続いた。


ラウルの行動は早かったが、すべてが片づいたころには深夜と呼べる時間になっていた。ラウルは急いでアメリの部屋の前に戻ってきたものの、この時間に扉をたたくことをためらっている。

(どうしよう……こんな遅くなって……でも待っているって言っていたし……)

夜中に訪問することも、待っている相手を置いて去ることも、どちらも気が進まずラウルは立ち往生する。悩みに悩んだ末、それでもアメリに会いたいという気持ちが勝ったラウルは、そっと控えめに扉をたたいた。

(……もう寝ているよな……あっ⁉)

扉が開かれることはないと彼は諦めていたが、予想に反してすぐに扉は開かれた。中から姿を見せたアメリは簡素な服に身を包み、いつもまとめてある髪は背に流されている。小さく笑って出迎えたアメリにラウルは驚いて目を丸くした。

「もう、ラウルったら。ノックが小さすぎるわ」

「あっ、アメリ、起きていたのか……？」

「待っているって言ったでしょう？」

「うぅ……アメリ……っ」

うれしさから抱きついたラウルを、アメリはやさしく抱き返した。アメリはそのままましばらくはされるがままになっていたが、ハッとしたあとで軽くラウルの背をたたく。

「ラウル、そろそろ中に入りましょう？」

「えっ、でも……もうこんな時間だし……」

「今夜は泊まっていけばいいじゃない」

ラウルはぱっと顔を上げて目をかがやかせた。一度は断った誘いだが、いまは断る理由などない。

「うん、うん！」

ラウルはよろこび、何度も首を縦に振った。

アメリは素直な彼の反応に笑いながら、ラウルを部屋の中へと誘う。つい数時間前に訪れた部屋にラウルは再び足を踏み入れ、胸を高鳴らせた。

◆

「ラウル、なにか飲む？　それとももう……」

「アメリっ、私のこと好きだって……本当!?」

「え？」

ソファに座り、顔を真っ赤に染め、目をかがやかせて答えを待つラウル。

そんな彼に、アメリはほほ笑んではっきりと答えた。

「ええ、好きよ」

「いつから!?」

「……つい数時間前かしら」

「えっ!?」

ラウルはその答えを聞いて驚く。そんな彼の反応をかわいいと思いながらアメリは小さく笑った。

アメリはラウルの素直さや全力で好意を示す姿に心が傾き、小さな恋が芽を出していた。それが花開いたのは、さきほどのラウルとエドガールのやり取りを見聞きしていたときだった。

『アメリがどれほどおまえのことを想っていたか！』

ラウルはアメリの気持ちを否定することなく、その想いを踏みにじったエドガールに怒りを表した。

「……ラウルが私のために怒ってくれて……私、あなたのことが好きになっちゃった」

アメリはその怒りの叫びに恋に落ちた。ラウルが自分の悔しさや妬みよりもアメリの心を慮《おもんぱか》り、怒りを表した叫びに。

『アメリをたくさんよろこばせるし、楽しませるんだ！　アメリが笑って、しあわせだって思えるように……』

さらに続いたその言葉で、完全に落ちてしまっていた。

「……不満かしら？」

「そんなことない！　……うっ……うっ……うれしい……」

ラウルは感極まって目に涙を浮かべ、声を震わせる。わかりやすいその反応にアメリは眉尻を下げ、困ったように笑いながらラウルを抱きしめた。

「アメリ……っ、好き、好きだ……っ」

「私も好きよ、ラウル」

「ううっ……うれしい……うれしいっ」

「私もうれしい」

いよいよラウルは涙をあふれさせ、洟《はな》をすすり、アメリをきつく抱きしめる。

多少苦しさを感じながらも、アメリはぴったりと体を寄せ合いながら顔をうずめるラウルの髪をやさしくなでた。

「アメリ……」

ラウルは腕の力を緩めて少しだけ身を離し、ぬれた目でアメリを見つめる。

「……ラウル、私……あなたにキスしたい」

アメリはいままでキスをしたいと言われて受け入れるだけであったが、いまは自分から望んでいた。

「……したいっ」

アメリはうなずくラウルの涙を拭い、彼の唇にそっと唇を重ねる。そのままお互いに何度も唇を重ね合い、どちらからともなく舌を差し出し、絡め合って深く口づけを交わした。

それから言葉は不要だった。

二人はベッドに向かい、性急に服を脱ぎ捨てる。ラウルはアメリを抱き上げそっとベッドに横たわらせると、自分もベッドに乗り上げ彼女の上に覆いかぶさった。

「アメリ……っ」

ラウルはアメリの両脚を開かせ、ぬれた割れ目に指を這わせる。そこからあふれる愛液を絡ませた指を差し入れ、ゆっくりと中を暴いていった。

「ラウル……もう、いいから……はやく」

「……っ」

好いところを擦られ、熱い息を吐いたアメリは、求めるように彼に視線を向ける。

アメリに求められ、ラウルは涙が出そうなくらいによろこんでいた。そのよろこびのままに急いで魔法で避妊具を取りつけると、アメリの両脚を抱え上げる。

「アメリ……、アメリ……っ」

ラウルは誘うその秘裂に自身を押しつけると、そのままぐっと腰を押しつけ奥へと一気に突き入れた。

「……っ」

「あぁ……」

包み込まれるぬくもりにラウルは恍惚《こうこつ》と息を吐き、アメリは待ち望んだ熱を咥え込んで甘い声を上げた。

「ラウル……っ」

アメリはラウルの背に腕を回し、そのまたくましい体を引き寄せる。それに従ったラウルの唇に唇を重ね、舌を絡ませながらすべてを受け入れた。

「ん、ふ……っ」

何度も唇を重ね合い、舌を絡ませながら、お互いに求め合って深く交わる。ラウルは抱き合い、口づけし合いながら腰を動かし始め、アメリもそれを受け入れるように腰を揺らして中を締めた。

「う……あ、ぁっ、……アメリ……」

ラウルは唇を離し、とろけた表情で緩やかに抽送しながらアメリの名を呼ぶ。名を呼ばれ、求められる心地よさにほほ笑みながら、アメリもまたラウルを求めた。

「……んんっ……ラウル……好き……っ」

「うっ……アメリ、アメリ……好き、好きだ……っ」

「あ……っ」

アメリの好きという言葉に燃え上がったのか、ラウルは激しさを増して彼女を求めた。アメリはラウルの腰に脚を絡め、引き寄せた体をぴったりと寄せ合いながら快感に喘ぐ。

「はぁ、っ……アメリ、あ、あ……っ」

「あ、ん……っん、……あぁ……っ、ラウル……っ」

肌がぶつかる音が響き、お互いの酔う声にさらに興奮させられながら何度も名を呼び合い、交わる。アメリはいままでの中でも一番の快楽に身も心もとろけていた。

（ああ、気持ちいい……っ）

やがて昇りつめたアメリは背を反らしながら絶頂を迎え、彼女の中は果てを促すようにうねる。ラウルはそれに逆らえずにアメリの体を掻き抱き、最奥で吐精した。

「あぁ……っ」

「う……っ、あ……」

初めて本当に心を通じ合わせ、深く交わった二人はその快楽にほうける。

お互いに想い合っている、その事実を認識し合い、体だけでなく心も結び合った二人はいままでで一番深く、甘く交わった。

「はぁ……っ」

息を整えたラウルは身を起こし、ゆっくりとアメリの中から抜け出す。夜はもう遅く、明日のことを考えればこのあたりで収めるのが賢明だ。

そうはわかっていてもラウルは正直なもので、むくむくと欲をふくらませて自身の首をもたげている。

「……元気ね」

「あっ、これは、その……そのうちおさまるし……っ」

ラウルは慌てて隠そうとしたが、その前にアメリが身を起こして唇をふさいだ。驚くラウルにそのまま深く口づけ、黙らせたアメリは唇を離すといたずらっぽく笑う。

「……私も、もう少しそんな気分」

こうなればラウルも我慢が利かなかった。ラウルが急いで避妊具を取りつけ直すと、アメリは彼の肩をつかんでまたがる。

「……ラウル」

「アメリ……っ」

ラウルは、アメリにされるままに従い背をベッドに預けた。ラウルが寝転がった状態で見上げると、アメリは彼の力強く勃ち上がった陰茎に手を添え、腰を浮かせて自身の割れ目を押し当てる。

「ん……っ」

アメリは小さく息を吐きながらゆっくりと腰を下ろし、彼を中へ咥え込んでいく。そのさまを一番近くで見上げながら、ラウルは興奮して声をもらした。

「あぁ……っ」

目元を赤くし、恍惚《こうこつ》とした表情で見上げるラウルを見下ろしながら、アメリはほほ笑んだ。

「う……ぁ……っ」

アメリが艶《なま》めかしく腰を揺らすと、ラウルはその姿を見上げながら声をもらす。次第に交わりは激しくなっていき、ラウルが動きに合わせて突き上げると、アメリは身をよじって喘いだ。

「あっ、ぁ……ラウル……っ」

上体を倒し、ぴったりと体を寄せたアメリの腰をつかんだラウルはがつがつと突き上げる。アメリも腰を揺らし、激しく深く交わった二人は抱き合って共に絶頂を迎えた。

「あっ……」

抱き合ったまましばらく余韻にひたっていたアメリは、自分の中で再び彼の剛直に力がみなぎるのを感じ、目を見開く。上体を起こしたアメリを見上げながら、ラウルは恥ずかしそうに目をそらした。

「……だ、だって、アメリが……色っぽくて……」

「本当に、もうすっかり元気ね？」

「でもっ、アメリだけになんだよ！」

「わかった、わかったわ」

アメリが腰を上げてラウルの上から退くと、再び活力を取り戻している彼の陰茎は雄々しく反り勃つ。

それを見たアメリは、そろそろやめておいたほうがいいという冷静な自分の声を頭から追いやってしまった。

「……じゃあ、もう一回だけ……」

「……ああ！」

ラウルはアメリの許可を得て、うれしそうにすぐに行動に移す。避妊具を取りつけ直し、アメリの片脚を抱え上げてそのまま中に突き入れた。

「あ……っ」

「う、あ、ぁ……っ」

達したばかりの中はそのひと突きだけで震え、熱い剛直を締めつける。ラウルは小さく声をもらしながらもそのまま抽送し続け、アメリは喘ぎながらももっとと求め続けた。

ベッドが軋《きし》み、淫らに交わる水音が響き、二人の吐息が混ざり合う。ようやく本当に想いを通じ合わせた二人は、燃え上がった想いが簡単におさまるはずもなく、長い夜が過ぎていく。

ベッドの上ではラウルが後ろから覆いかぶさって獣のように交わり、アメリが跨って交わる。近くのテーブルに体を預けて交わり、壁に押さえつけられて交わり、ソファでも、立ったままでも、二人は夜通し何度も何度も交わり続けた。


「あぁ……やっちゃった……また私、やっちゃった……」

朝の光が部屋に差し込む中、よだれを垂らして気持ちよさそうに眠るラウルの隣で、アメリは頭を抱えてうなだれることになった。

◆

アメリ・レフェーブルはおそらく、充実した日々を過ごしていた。

アメリには恋人がいる。恋人の名はラウル。

くるりと巻いた白に近い金髪と琥珀色《こはくいろ》の双眸《そうぼう》を持つ、中性的で思わず見惚れてしまうほど美しい顔立ちの男だ。この王都ではその名を知らぬ者などいないのではないかと思われるくらいに有名な英雄と讃えられた男、なのだが。

「あ……え……っと……」

ラウルは冷や汗をかきながら声を震わせている。清潔感のある白のシャツに濃紺色のジャケットを羽織り、いつも目深《まぶか》にかぶっている帽子や度の入っていない大きな眼鏡を外し、美しく整った顔を惜しみなくさらしたラウルは、多くの女性の視線を集めていた。

「そっ、……その、注文を……」

「はいっ、いかがなさいますか？」

そしていま、王都で女性に大人気の飲食店で、注文を取りにきた女性の店員からも熱烈な視線を受けて顔を青くしている。向かいの席に座るアメリはそんなラウルを心配そうに見つめながら口を開いた。

「私はいちごのショートケーキと、紅茶を」

「わっ、……私、は……バ、バタークリームケーキで……」

「飲み物はいかがなさいますか？」

「こっ、こ……こ……こ……こうっ」

「……彼も、私と同じ紅茶でお願いします」

アメリはなかなか言い出せないラウルに助け舟を出した。店員が下がったところでようやく緊張が解けたラウルは両手で顔を覆って深く息を吐く。

「ラウル、大丈夫？」

「ああ、うぅ……ありがとう、アメリ……」

ラウルは両手を離してアメリを目に映し、青ざめていた顔を赤く染めた。

アメリはラウルの服装に合わせた濃紺色のリボンで髪をまとめ、同じ色のリボンを胸元に飾っている。その愛しい恋人の美しくてかわいい姿を見てすべての不安が吹き飛んだ様子のラウルは、陶《とう》然《ぜん》としていた。

「無理して外に出なくてもよかったのよ？」

「いや……」

「私、部屋でのんびり過ごすのも好きだし……」

今日はラウルの休日に合わせてアメリも休みを取り、デートの約束をしていた。ラウルは色々と弊害が多いため、普段は休みの日に外出することが少ない。だが、せっかくのアメリとのデートだからと意気込んで出てきたものの、このざまだ。

「でも、でも……っ……ここに、アメリと一緒にきたかったんだ……！」

ラウルは必死になって腰を浮かし、前のめりになる。この店のケーキはラウルのお気に入りで、自分の好きなものをアメリと共有したいという純粋な気持ちで店に誘った。

そんなラウルの様子に目を瞠《みは》り、その必死さとその言葉の内容がかわいくて、アメリは小さく笑った。

「ふふ、ありがとう。じゃあ、ケーキがきたことだし、楽しみましょう？」

そこに店員の女性がケーキと紅茶を運んできたが、アメリしか目に入っていないラウルは反応しなかった。アメリは全身全霊で彼女への愛を表現するラウルをかわいく思いながらもなだめ、椅子に座らせる。

「あ……でも、アメリに迷惑かけて……こんなことじゃいけないよな……」

「迷惑だなんて思ったことはないから、気にしないで」

「アメリ……！」

「ほら、食べましょうよ」

「ああ！」

アメリに慰められたラウルは目をかがやかせた。ケーキを一口食べて満面の笑みを浮かべるラウルにアメリもつられて笑う。

（どうしてこんなにかわいいのかしら……不思議だわ……）

初めのころは男の人にかわいいなんてと思っていたアメリだが、いまはラウルの素直な反応がかわいくてたまらない。アメリはケーキの上に乗ったいちごをフォークで一つ取ると、それをラウルに差し出した。

「あっ、アメリ⁉」

「はい、あーん」

「あっ、それ、私が先にやりたかったのに！」

「ふふ、早いもの勝ちよ。はい」

「う……っ」

ラウルは悔しそうにうなりながらも、素直にそれを一口で食べ、しあわせそうに頬を緩ませる。

締まりのない笑顔だが、それでも美しく見えるのは顔がいい者の特権か。

続いてラウルもケーキを一口大に切り分け、それをフォークでアメリへと差し出した。

「……んっ、おいしい」

「だよなっ！　ここのバタークリームケーキ、大好きなんだっ」

「つぎはそれを食べてみようかな」

「うん、つぎもまたこよう！」

ケーキを食べさせ合い、楽しげに会話をしながら笑い合う二人は、どこからどう見ても仲のいい恋人同士だ。アメリとラウルは、ケーキと紅茶を楽しみながら、お互いに心からしあわせを感じていた。

「……そういえば、今日の新聞にあなたが載っていたわ」

そんな楽しげな雰囲気の中、アメリはふと話題を変える。ラウルはそれを聞いて驚いた様子で声を上げた。

「えっ!?　なんて……？」

「我らが英雄様が、反国家組織の一つをつぶした……って、ね」

「あぁ……」

それを聞いたラウルは、曖昧《あいまい》に笑うだけだった。

記事に記載されていたのは、五年前の事件を扇動した反国家組織だった。ラウルのおかげで反国家組織の潜伏先を突き止めるに至り、王都警備隊による潜伏先への突入作戦が決行された。組織の主導者は検挙され、構成員もほとんどが捕まり、組織は瓦解《がかい》した……と書いてあった。

「……たしかに関わってはいたけど……はぁ……英雄って、嫌だな……」

端から見ればうれしいと思うものでは、とアメリは疑問を抱くが、微妙そうに肩をすくめるラウルを見ると、そうでもないのかも、という考えに至った。

「……あなたも、たいへんね」

「でも、これでもう一安心……」

「うん？」

「い、いや、なんでもない」

ラウルはふるりと頭を横に振って、にっこりと笑う。

それからアメリとラウルは楽しく会話をしながらケーキを平らげ、温かい紅茶を楽しんだあと、並んで店を出た。腕を組んだ二人はあてもなく歩き、笑い合いながら街を巡る。

「あれ……先生？」

そうしていると、とある店のテラス席に見慣れた姿を見つけた。それはアメリの師であるジュスティーヌであったが、彼女が着飾っているのを見て、アメリは驚いて声を上げてしまった。

「……えっ、カルノー隊長？」

ジュスティーヌの向かいの席に座っているのは、ラウルの上官であるアドリアンだ。ラウルも二人を見て間抜けな声をもらす。

「ラウルの知り合い？」

「えっと……私が所属している部隊の隊長なんだ」

アメリは自分の師と恋人の上官が楽しそうに紅茶を飲んでいるのを見て、世の中は狭いものだと感心した。

「じゃあ、ご挨拶しに……」

「えっ……あ、いや。たぶん……邪魔したらまずいと思う。きっと、こっちにはもう気づいていて、わざと気づいてないふりをしてるんだと思う」

そう言って、ラウルは首を横に振る。

「……そうね」

たしかにラウルの言うとおり、二人はとてもいい雰囲気だ。ジュスティーヌも楽しそうに見えるので、邪魔をしてはいけないと、アメリはうなずいた。

『へえ。ちゃんといい上司しているのね。少し、見直したわ』

『だろ？　ならそろそろ、ジュスティーヌも俺を見る目を変えてくれるころじゃないか？』

『ばかね。十年早いわよ、坊や』

『……それ、十年前も同じこと言ってなかったか？』

こんなやり取りをしているなどとはつゆ知らず、二人は気づかれないようにそっと離れることにした。

「なんだか、不思議な感じね……」

「……たしかに」

自分の上司と相手の上司が仲良くデートをしている場面に出くわし、お互いなんとも言えない感覚に顔を見合わせる。アメリがつい噴き出してしまうとラウルも同じように噴き出し、二人はくすくすと笑い合った。

「……しあわせだなあ……」

「私もしあわせよ、ラウル」

アメリはしあわせそうにラウルの隣でほほ笑む。お互い、涙を流しながら出会ったあのころからさまざまなことが変わったものだ。

そうして二人が街を巡りながら楽しみ、日が暮れ始めて街が赤く染まり出したころ。

「……そろそろ、戻る?」

「うん、……うん」

アメリはラウルの肩に頭を預け、小さな声で問いかける。ラウルがそれに何度もうなずくと、アメリはくすりと笑った。

「今日はアメリがくるから、ラタトゥイユを作ったんだ!」

「ありがとう、楽しみ。ラウルの料理、毎日食べたくなっちゃうくらいおいしいのよね……」

「ま、毎日……」

アメリは思い出しただけでよだれが出そうになり、悩ましげにため息をつく。対してラウルはなにを想像したのか、ぽっと頬を赤らめていた。

「今夜は一緒においしい料理を食べて……そうだ、一緒にお風呂にもはいっちゃう？」

「一緒に……うん……っ」

ごくんと生唾を飲むラウルにアメリは笑う。夜はこれから、また別の楽しみがあるものだ。

アルファポリスWebサイトにて
好評連載中!

「魔女エヴァリーナ、デメトリオ王子の伽をせよ――…」
殺された王子を生き返らせることに成功した稀代の魔女エヴァリーナ。しかし、甦生を完璧にさせるには、王子とエヴァリーナの性交が必要で!? 王子にある想いを秘めているエヴァリーナは今宵限りと王子と一夜を共にする。ところが翌日、王子が責任を取って結婚すると言い出した! さらには魔法の代償で、あと数十年は王子とエッチしないといけなくて――!?

無料で読み放題
今すぐアクセス!
ノーチェWebマンガ

B6判 / 定価:770円(10%税込)
ISBN978-4-434-33719-2

贖罪の花嫁はいつわりの婚姻に溺れる
I
漫画 蜂谷ナナオ
原作 マチバリ
Noche COMICS
嬉しくて胸がきゅっと締め付けられて
胸の中だけではとても表しきれない
どうして？
これは子を成すための行為で
あっ
もっとほかに掛けるべき言葉があったのではないか？
あっ…
幼い頃の事件をきっかけに、家族から疎まれてきた令嬢・エステル。ある日、いわれのない罪を着せられた彼女は、強い魔力を持つ魔法使い・アンデリックと結婚し、彼の子どもを産むことを命じられる。かたちだけの婚姻だったが、不器用ながらも自分を気遣ってくれるアンデリックと共に穏やかな日々が続く。けれどエステルの胸に安らぎが訪れるたび、過去の記憶が彼女を苛む。
「私がすべきことはアンデリック様の子を孕むことだけ」
自分の役割を果たすため、彼女がとった行動は——…？
Webサイトにて
好評連載中！
無料で読み放題
今すぐアクセス！
ノーチェWebマンガ
「俺の子を孕みたいのだろう？」
契約のはずが甘く激しく愛されて——…
B6判／定価：770円(10%税込)

Noche BOOKS

濃蜜ラブファンタジー

ノーチェブックス

あなたは俺の、
大切な妻。

ハズレ令嬢の私を腹黒貴公子が毎夜求めて離さない

扇レンナ

イラスト：沖田ちゃとら

由緒ある侯爵家に生まれた『ハズレ』の令嬢、セレニア。優秀な姉に比べて落ちこぼれの彼女はある日、父に嫁入りを命じられる。やり手の実業家ジュード・メイウェザー男爵が、結婚を条件に家の借金を肩代わりしてくれるという。所詮、貴族との縁目当ての政略結婚——そう思っていたのに、ジュードはセレニアを情熱的に愛してきて……!?

好評発売中!!

男性恐怖症で、エッチができない半人前淫魔のイルミラ。姉たちには見放され、妹たちには馬鹿にされっぱなし。しかも、このまま処女を捨てられなければ、一年後にはこの世から消滅してしまう……！悩んだ末、イルミラは脱処女のため、人外専門の魔術医師・デュークのもとに媚薬をもらいに行くことに……ところが彼は自ら治療を買って出た！　昼も夜もなく彼から教え込まれる快感と悦楽にイルミラは身も心も翻弄されて——…？

無料で読み放題
今すぐアクセス!
ノーチェWebマンガ

B6判 / 1巻：748円（10%税込）
2巻：770円（10%税込）

この作品に対する皆様のご意見・ご感想をお待ちしております。
おハガキ・お手紙は以下の宛先にお送りください。

【宛先】
〒150-6019 東京都渋谷区恵比寿4-20-3 恵比寿ｶﾞｰﾃﾞﾝﾌﾟﾚｲｽﾀﾜｰ 19F
（株）アルファポリス　書籍感想係

メールフォームでのご意見・ご感想は右のＱＲコードから、
あるいは以下のワードで検索をかけてください。

アルファポリス　書籍の感想　検索

ご感想はこちらから

本書は、「アルファポリス」（https://www.alphapolis.co.jp/）に掲載されていたものを、
改稿、加筆のうえ、書籍化したものです。

ワンナイトラブした英雄様《えいゆうさま》が追《お》いかけてきた

茜菫（あかねすみれ）

2024年 11月 25日初版発行

編集ー山田伊亮・大木 瞳
編集長ー倉持真理
発行者ー梶本雄介
発行所ー株式会社アルファポリス
〒150-6019 東京都渋谷区恵比寿4-20-3 恵比寿ｶﾞｰﾃﾞﾝﾌﾟﾚｲｽﾀﾜｰ19F
TEL 03-6277-1601（営業） 03-6277-1602（編集）
URL https://www.alphapolis.co.jp/
発売元ー株式会社星雲社（共同出版社・流通責任出版社）
〒112-0005 東京都文京区水道1-3-30
TEL 03-3868-3275
装丁イラストー北沢きょう
装丁デザインーAFTERGLOW
（レーベルフォーマットデザインー團 夢見（imagejack））
印刷ー中央精版印刷株式会社

価格はカバーに表示されてあります。
落丁乱丁の場合はアルファポリスまでご連絡ください。
送料は小社負担でお取り替えします。

ISBN978-4-434-34837-2 C0093